정념과 미덕

PASSION ET VERTU

정념과 미덕

귀스타브 플로베르 지음 | 윤미연 옮김

바케붓스

작가 소개

　귀스타브 플로베르(1821~1880)는 19세기 프랑스 사실주의 문학을 대표하는 작가다. 프랑스 북부 도시 루앙의 의사 집안에서 태어난 그는 어린 시절부터 독서와 글쓰기에 몰두했고, 소년 시절 몇몇 단편 소설을 습작했다. 이 초기 작품들에 이미 내면의 불안, 사회적 규범에 대한 문제의식, 감정의 격랑에 대한 탐구가 담겨 있다.

　그는 파리의 법과대학에서 잠시 수학했으나 적성에 맞지 않아 곧 낙제했다. 1844년 신경 발작을 앓은 이후로는 고향으로 돌아와 문학을 자신의 소명으로 삼았다. 1857년 발표한 장편 소설 《마담 보바리》는 부르주아 사회와 개인 욕망의 충돌을 사실적으로 묘사하며 당대의 검열과 기소까지 불러일으켰다. 그러나 무죄 판결을 받은 이후 그는 문학적 명성을 얻었고, 이 작품은 사실주의 문학의 기념비적 성취로 자리 잡았다. 이후 《살람보》, 《감정 교육》, 《세 가지 이야기》 등 단편과 장편을 넘나드는 작품 활동으로 인간 욕망, 역사적 상상력, 일상의 미시적 관찰을 집요하게 탐구했다.

플로베르는 1880년 《부바르와 페퀴셰》를 집필하던 도중 뇌출혈로 사망했다. 그는 사실주의라는 틀 안에 갇히지 않았고, 인간 존재의 심리와 언어 예술의 완결성을 동시에 추구했다. 그의 작품 세계는 19세기 유럽 소설의 한 정점을 이루면서도 상징주의와 현대 소설의 길을 열어주었다. 플로베르를 읽는다는 것은 단순히 한 작가의 문장을 음미하는 일이 아니라, 문학이 어떻게 예술로서 스스로를 정립했는지를 목격하는 일과 같다.

차례

작가 소개
4

정념과 미덕
9

시향용 향기 혹은 떠돌이 광대들
95

옮긴이의 글
197

일러두기
- 이 책의 맞춤법은 '한글 맞춤법'의 허용 기준을 따르는 것을 원칙으로 하였다.
- 모든 주석은 옮긴이 주다.

정념과 미덕
철학적인 이야기

다쳐본 적 없는 자가
흉터를 비웃는 법.
- 셰익스피어, 〈로미오와 줄리엣〉,
3막 5장

I

 내 생각에는, 그녀는 그를 이미 두 번이나 본 적이 있었다. 첫 번째는 어느 장관 집에서 열린 무도회에서, 두 번째는 프랑스 국립극장에서였다. 특별히 뛰어나지도 잘생기지도 않았지만, 그녀는 불쑥불쑥 그 남자가 생각났다. 저녁에 등잔불을 불어 끄고 난 뒤면 그녀는 잠시 몽상에 잠기곤 했다. 맨살이 드러난 가슴 위로 머리칼을 흩뜨리고 두 팔은 침대 시트 밖으로 내놓은 채, 밤이 창백한 빛을 던지고 있는 창가 쪽을 바라보면서. 그녀의 마음은 마치 가을 저녁 들판에서 뒤섞여 울려 퍼지는 그 혼란스러운 소리처럼 끔찍하고 모호한 감정들 사이에서 이리저리 흔들리며 떠돌고 있었다.

그는 책이나 연극에 나올 법한 그런 대단한 사람들과는 거리가 멀었다. 그는 감정이 메마르긴 했지만 사리 판단이 분명한 남자였고, 무엇보다 화학자였다. 한편으로 그는 유혹의 이론, 그 원칙과 규칙들을 속속들이 꿰고 있었다. 정확하지만 속된 말로 표현하자면 그 방면에 재주가 아주 뛰어났다. 소위 유혹에 능한 남자는 그런 기술들로 자신의 목적을 이루는 법이다.

첫 번째 수업은 한숨으로, 두 번째 수업은 달콤한 연애편지로 시작하며, 계속 그런 식으로 전개되다가 결말에 이르는 루이 15세 시대의 목가적인 방식은 이제 한물갔다. 그런 유혹의 기술들은 흥미 위주의 가벼운 통속희극이라 할 수 있는 포블라스*, 그리고 마르몽텔**의 교훈담들에 아주 잘 나타나 있다. 요즘은 방식이 전혀 다르다. 한 남자가 한 여자 쪽으로 다가간다. 그리고 그 여자를 슬쩍 훔쳐본다. 그는 그녀가 마음에 든다. 그는 친구들과 내기를 한다. 결혼한 여자일까? 만약 결혼한 여자라면, 그 장난은 오히려 훨씬 흥미진진해질 것이다.

그는 그녀의 집에 몰래 들어가고, 그녀에게 소설책을 빌려주고, 그녀를 극장에 데려간다. 무엇보다도 그는 놀랍거나 우스꽝스러운 짓, 그러니까 뭔가 특이한 행동을 하려고 애쓴다. 그리하여 그는 날이 갈수록 점점 더 자유롭게 그녀의 집을 드나들면서 그 집안의 친구, 그녀의 남편과 아이들의 친구, 하인들의 친구가 된다. 마침내 그 불쌍한 여자는 자기가 함정에 걸려들었다는 사실을 알아차리고, 마치 하인을 내쫓듯이 그를 쫓아내려 한다. 하지만 그가 도리어 벌컥 화를 내며 짧은 편지 한 통을 공개하

---

* 18세기 프랑스의 가벼운 연애모험을 다룬 관능적이고 풍속적인 연작소설 〈포블라스의 기사연애담Les amours du chevalier de Faublas〉에 등장하는 인물.
** 18세기 프랑스 계몽주의시대 작가로, 도덕적 가르침을 중심으로 전개되는 교훈적인 단편들을 많이 썼다.

겠다고 협박한다. 그게 누구에게 보낸 편지이건 상관없이, 그 편지 내용이 부도덕한 것인 양 떠벌리겠다고 한다. 그리고 또, 그녀가 허영심에 들떠서, 또는 교태를 부릴 때, 아니면 욕정을 참지 못해 내뱉은 말들을 자기가 직접 그녀의 남편에게 전할 거라고 겁을 준다. 이는 해부학자처럼 냉혹하고 잔인한 짓이다. 하지만 과학은 진보했고, 이 세상에는 마치 시체를 해부하듯 마음을 해부하는 사람들이 있다.

그 불쌍한 여자는 당황해서 울며 애원한다. 하지만 그녀를 용서해 줄 수는 없다. 그녀의 아이들, 남편, 그녀의 어머니를 고려하더라도 절대로 용서는 없다. 그는 단호하다. 왜냐하면 남자이기 때문이다. 그는 힘을, 폭력을 사용할 수 있다. 그는 그녀가 자신의 정부라고 어디서든 말할 수 있고, 신문에 실을 수도 있으며, 회고록에다 그 이야기를 장황하게 쓸 수도 있고, 필요하다면 그걸 증명할 수도 있다.

그래서 그녀는 모든 걸 포기한 사람처럼 그에게 몸을 내맡긴다. 그는 심지어 두 사람이 같이 있는 모습을 그녀의 집 하인들에게 보여줄 수도 있다. 제복을 입은 하인들은 자신들의 안주인이 그렇게 이른 아침에 집으로 돌아오는 것을 보면서 아주 낮은 소리로 키득거린다. 그러고 나서 오직 과거에 대한 후회와 생각들, 사랑에 대한 실망만 남은 그녀를 완전히 부서지고 무너지게 만들고 난 뒤에, 그는 그녀를 떠난다. 그리고 그녀를 거의 무시하면서 불행 속에 방치한다. 때로는 그녀를 미워하기까지 한다. 하지만 결국 그는 내기에서 이겼다. 그는 노련한 바람둥이다.

그러므로 그는 60년 전이라면 러브레이스*라고 불렸겠지만, 그보다 더 멋진 돈 주앙** 같은 남자다.

이 기술을 완전히 습득하고 우회로와 깊이 숨겨

---

* 새뮤얼 리처드슨의 소설 〈클라리사Clarissa〉(1748)의 등장인물로, 여성을 유혹하고 파멸시키는 전형적인 바람둥이.
** 18세기 영국소설의 주인공인 러브레이스는 18세기 독자들에게 신랄하고 현실적인 비판의 대상이었던 반면, 그보다 한 세기 앞선 17세기부터 전 유럽에 퍼진 전설적인 캐릭터 돈 주앙은 18세기 후반까지도 여전히 각광받으며 그 인기가 지속되었다.

진 곳들까지도 꿰뚫고 있는 남자는 이제 그리 드물지 않다. 사실 자신을 사랑하는 여자를 유혹하고 나서, 그동안 자기가 유혹했던 다른 모든 여자들에게 그랬듯이 그 여자를 그냥 내팽개치는 건 아주 쉬운 일이다. 마음속에 영혼도 동정심도 없는 사람이라면! 사랑을 얻기 위한 방법은 아주 많다. 질투를 불러일으켜서든, 허영심을 자극해서든, 특별한 공로나 재능, 자존심을 이용해서든, 심지어는 공포나 두려움을 통해서든. 그게 아니면 거만한 태도나 느슨하게 맨 넥타이, 절망에 빠진 척하는 모습, 때로는 멋들어지게 재단된 옷이나 고급 부츠만으로도 사랑을 얻을 수 있다! 단지 재단사나 구두장이의 솜씨 덕분에 사랑을 손에 넣은 사람들이 얼마나 많았던가?

에르네스트는 마짜가 자신의 눈길에 미소 짓는 것을 알아차렸다. 그는 그녀를 어디든 쫓아다녔다. 마침내 그녀는 가령, 그가 보이지 않는 무도회는 지루하기 그지없게 느끼는 지경에 이르렀다.

그런데 그가 그녀의 희고 고운 손이나 반지의 아름다움을 칭찬할 만큼 경험이 부족한 풋내기였다고 생각하지 마시길. 그는 수사학을 배우는 학생이나 써먹을 그런 뻔한 칭찬은 하지 않았다. 그 대신 그녀 앞에서 춤을 추고 있는 모든 여자를 깎아내렸다. 그는 그 여자들 하나하나에 관한 알려지지 않은 비밀이나 아주 기이한 연애담들을 알고 있었다. 그 모두가 그녀를 웃게 하고 은근히 기분 좋게 해주었다. 그녀 자신에게는 그렇게 남의 입에 오르내릴 만한 이야깃거리가 전혀 없다고 생각했기 때문이다.

절벽 끝에 아슬아슬하게 선 그녀는 그를 버리겠다고, 다시는 만나지 않겠다고 몇 번이고 굳게 다짐하곤 했다. 하지만 사랑하는 이의 미소 앞에서 정숙함은 아주 쉽게 무너져 내린다.

그는 그녀가 시, 바다, 연극, 바이런을 아주 좋아한다는 사실도 알게 되었다. 그는 자기가 관찰한 그 모든 것을 간단히, 단 한마디로 요약했다. "그 여잔 멍청이야, 내 손에 쉽게 걸려들겠어." 그리고 그녀도 떠나는 그의 뒷모습을 보면서, 살롱의 문이 그의 발걸음을 따라 빠르게 회전할 때면 이렇게 말하곤 했다. "사랑해, 내 사랑."

에르네스트가 마짜로 하여금 골상학, 자기 에너지 같은 것을 믿게 만들었다는 사실, 마짜의 나이가 서른이라는 사실, 그때까지 그녀가 자신의 마음속에 날마다 생겨났다가 다음 날이면 사라지는 그 모든 욕망을 밀어내면서 항상 남편에게 충실하고 정숙했다는 사실까지 여기에 덧붙이자. 그리고 그녀는 은행가와 결혼했으며, 그 남자의 품속에서 정념은 그녀에게 마치 하인들을 관리 감독하고 자식들을 돌보는 일과 같은 하나의 의무에 불과했다는 사실도.

II

 오랫동안 그녀는 복종하고 헌신하는 형태의 사랑, 거의 영적이라고 말할 수 있는 그런 사랑에 만족해 왔다. 하지만 새로운 쾌락이 그녀에게 기쁨을 주었다. 그녀는 그 사랑을 오래, 다른 사랑들보다 더 오래, 장난하듯 가지고 놀았다. 그러다가 마침내 그 사랑에 깊이 의존하게 되었다. 처음에는 습관적으로. 나중에는 그것 없이는 살 수 없었기 때문에. 사람의 마음을 가지고 웃고 장난치는 것은 위험하다. 정념은, 위험하지 않다고 생각하고 있을 때 느닷

없이 발사되어 당신을 죽이는 총과 같기 때문이다.

어느 날 에르네스트는 이른 아침에 빌레르 부인 집으로 갔다. 그녀의 남편은 증권거래소에 있었고 그녀의 아이들도 집에 없었기 때문에, 그는 그녀와 단둘이 있게 되었다. 그는 하루 종일 그곳에 머무르다 저녁 다섯 시쯤 그 집에서 나왔다. 마짜는 슬펐고, 꿈을 꾸는 듯 멍했으며, 밤새도록 잠을 이루지 못했다.

그들은 오랫동안 이런저런 이야기를 나누고, 서로 사랑한다고 말하고, 시에 대해 이야기하고, 바이런의 시에서 볼 수 있듯 포용력 있고 굳건한 사랑에 관해 대화를 나누었다. 그리고 또 그들을 한데 묶어놓고도 결국은 평생 갈라놓는 사회 규범들을 불평하며 아주 많은 시간을 보냈다. 그리고 나서 두 사람은 마음의 고통, 삶과 죽음, 자연, 한밤중에 으르렁거리는 바다에 대해 수다를 떨었다. 마지막으로 그들은 세상을 이해하고 자신들의 정념을 이해했으며, 그들의 시선은 그토록 자주 맞닿는 그들의 입술보다 더 많은 말을 주고받고 있었다.

3월 어느 날, 왠지 모를 슬픔과 답답함이 가슴을 짓누르는, 지루하고 어둡고 우울한 하루였다. 그들의 대화는 슬펐고, 특히 마짜가 하는 말들은 조화롭고 아름다웠지만 왠지 모를 침울함이 배어 있었다. 에르네스트가 평생토록 그녀를 사랑할 거라고 말하려 할 때마다, 그에게서 미소와 애정 어린 눈길, 애절한 사랑의 고백이 새어 나올 때마다 마짜는 대답하지 않았다. 창백한 이마 아래 입을 크게 벌린 채 커다란 검은 눈으로 말없이 그를 쳐다보기만 했다.

그날 그녀는 마치 보이지 않는 손이 가슴을 짓누르는 것처럼 숨을 쉬기가 어려웠다. 두려웠지만 자신이 무얼 두려워하고 있는지조차 알 수 없었다. 그녀는 사랑과 몽상, 그리고 묘하게 신비로운 느낌과 뒤섞인 불안과 두려움 속에 빠져들었다. 한번은 두려움을 느낄 정도로 야성적이고 거친 에르네스트의 미소에 그녀는 덜컥 겁을 집어먹고 옆자리에 앉아 있던 그를 자신도 모르게 힘껏 밀쳐버렸다. 하지만 그는 이내 그녀에게로 다가가 그녀의 두 손을 잡고는 자신의 입술로 가져갔다. 그녀는 얼굴을 붉히며 억지로 차분한 말투를 꾸며냈다.

"사랑을 고백하려는 건가요?"

"사랑 고백을 한다고? 맙소! 당신한테?"

그 대답은 모든 것을 말해주고 있었다.

"날 사랑해 줄래요?"

그는 미소 띤 얼굴로 그녀를 바라보았다.

"에르네스트, 그건 옳지 않은 생각일 거예요."

"왜죠?"

"내 남편! 그걸 잊고 있는 건 아니죠?"

"아, 당신 남편이라니! 그게 무슨 뜻입니까?"

"나는 그를 사랑해야 해요."

"그건 말처럼 쉬운 게 아니죠, 그러니까, 법이 당신에게 '당신은 그를 사랑해야 한다'고 말한다면, 당신은 마치 명령에 따라 움직이는 군인처럼, 아니면 두 손에 휘어지는 구리 막대처럼 거기에 따르겠죠. 그런데 만약 내가 당신을 사랑한다면……"

"그만하세요, 에르네스트, 남편도 없는 집에 이렇게 이른 아침부터 당신을 반겨 맞아주고, 당신이 내 입장을 세심하게 배려해 줄 거라고 철석같이 믿고 있는 나 같은 여인에게 어떤 예의를 갖춰야 하는지 한번 생각해 보세요."

"알겠어요, 만약 내가 당신을 사랑하게 된다 해도, 당신을 더는 사랑해서는 안 된다는 말이겠죠, 그래야만 하니까요. 그 이상도 그 이하도 아니고 바로 그런 거죠. 하지만 그게 이치에 맞고 타당한가요?"

"아! 정말 기가 막힌 논리를 펼치시네요, 에르네스트." 마짜는 그의 왼쪽 어깨에 머리를 기대고는, 상아로 만든 작은 상자를 손가락 사이로 돌렸.

그녀의 머리카락 한 올이 빠져나와 그녀의 뺨 위로 흘러내렸다. 그녀는 아주 우아한 고갯짓으로 단번에 그걸 다시 뒤로 넘겼다. 에르네스트는 몇 번이나 자리에서 일어나 금방이라도 되돌아갈 것처럼 모자를 집어 들었다가, 다시 주저앉아 대화를 이어 나갔다.

두 사람 모두 하던 말을 멈추고 서로를 한참 동안 바라보며 거의 숨도 쉬지 않고 자신들의 시선과 숨결에 취해 있다가, 이내 미소를 짓곤 했다.

한순간, 그녀의 방 카펫 위에 피곤한 듯 드러누운 에르네스트를 내려다봤을 때, 그녀의 무릎 위에 올려놓은 그의 머리를 봤을 때, 그의 머리칼은 뒤로 넘겨지고, 두 눈이 그녀의 가슴과 아주 가까이에 있고, 주름살 하나 없는 하얀 이마가 그녀의 입술 바로 아래 있는 것을 봤을 때, 마짜는 너무 행복하고 사랑에 복받쳐 금방이라도 쓰러질 것만 같았다. 지금 당장 그 머리를 가슴에 꼭 끌어안고 입맞춤을 퍼부어대고 싶었다.

"내일 편지를 보낼게요." 에르네스트가 말했다.

"안녕!"

그가 미소를 지었다.

마짜는 결단을 내리지 못한 채 이상한 압박감과 알 수 없는 회한, 말로 표현할 수 없는 몽상 사이에서 내내 떠돌았다. 한밤중에 그녀는 눈을 떴다. 타오르는 등잔 불빛이 천장에 밝은 원반 하나를 던지고 있었다. 그 원반은 마치 그녀를 노려보는 저주받은 자의 눈처럼 흔들리며 떨고 있었다. 그녀는 날이 밝아올 때까지 그대로 오랫동안, 시간마다 울려 퍼지는 종소리와 벽을 두드리는 빗소리, 어둠 속에서 획획 소리를 내며 소용돌이치는 바람, 유리창이 덜커덩거리는 소리, 그녀가 온갖 괴로운 생각들과 끔찍한 이미지들 때문에 불안에 휩싸여 이불을 뒤집어쓰고 몸을 뒤척일 때마다 삐꺽거리는 나무 침대 소리, 그 모든 밤의 소리들을 듣고 있었다.

격정과 광란의 시간을 보내고 있을 때, 내면 깊숙한 곳에서 일어나는 미묘한 감정의 움직임을 겪어보지 않은 사람이 어디 있을까? 정의 내릴 수 없는 생각 아래 끊임없이 요동치고 뒤틀리는 한 영혼의 이러한 경련들은 고통과 황홀함으로 가득 차 있다. 처음에는 마치 유령처럼 흐릿하고 불분명하지만, 이내 그 생각들은 단단해지고 제자리를 찾으며 형태와 실체를 갖추기 시작한다. 그리하여 하나의 이미지, 당신을 울고 신음하게 하는 이미지가 된다. 살갗이 달아오르고 불면이 영혼을 갉아먹는 그 뜨겁고 숨 막히는 밤에, 침대 끝에 앉아 슬프게 자신을 바라보는 흐릿하고 꿈결 같은 형상을 본 적이 없는 이가 과연 어디 있을까? 아니면, 만약 당신이 무도회에서 춤추는 그 형상을 본 적이 있다면 그것은 축제 의상을 입은 모습으로 나타나고, 때로는 검은 베일에 싸여 눈물짓는 모습으로 나타나기도 한다. 그리고 당신은 그 존재가 했던 말, 그 목소리의 울림, 그 나른한 눈빛을 떠올린다.

가련한 마짜! 그녀는 처음으로 자신이 누군가를 사랑하고 있음을 느꼈다. 하지만 그것이 곧 욕망이 되고, 집착으로 이어지다가 마침내는 분노로 변하게 되리라는 것을 그녀는 직감했다. 그러나 어리석고 무지했던 그녀는 얼른 그런 예감을 떨쳐버리고, 행복한 미래, 평온한 삶을 머릿속에 그리면서, 정념이 환희를 안겨주고 쾌락이 행복을 가져다주리라고 생각했다.

사실, 남편을 속이고 사랑하는 남자의 품에서 행복하게 살아도 되지 않을까? "뭐 어때?" 그녀는 사랑의 관점에서 생각했다. 그녀는 이 혼란스러운 마음의 광란 때문에 괴로워하면서도 점점 더 깊이 빠져들고 있었다. 마치 처음에는 기분 좋게 취하다가 점점 술에 속이 타들어 가는 사람들처럼. 오! 얼마나 날카롭고 쓰라린가, 멀어져 가는 도덕의 세계와 다가오는 사랑의 미래 사이에서 쿵쾅대는 심장, 이 마음의 불안과 번민은.

다음 날 마짜는 한 통의 편지를 받았다. 새틴처럼 매끄럽고 은은한 광택이 흐르는 편지지에는 장미 향과 머스크 향이 진하게 배어 있었다. 그리고 거기에는 장식체의 E자 하나로 약식 서명이 되어 있었다. 그 내용이 무엇이었는지는 모르겠지만, 마짜는 그 편지를 몇 번이나 읽고 또 읽었다. 그리고 그 두 장의 종이를 뒤집어, 접힌 자국들을 세세하게 살펴보고 향기를 한동안 음미하고 나서, 종이를 공처럼 돌돌 말아 불에 던져 넣었다. 재가 되어버린 종이뭉치가 잠시 위로 날아올랐다가, 마침내 주름진 하얀 거즈 천처럼 부드럽게 벽난로 쇠 받침 위에 내려앉았다.

에르네스트는 그녀를 사랑한다! 그가 그녀에게 그렇게 말했다! 아! 그녀는 행복하다. 처음 한 걸음을 뗐으니 그다음 걸음들은 수월하게 내딛게 될 것이다. 그녀는 이제 얼굴을 붉히지 않고 그를 바라볼 수 있을 것이고, 더는 그렇게 조심스러워할 필요도 없을 것이며, 여자들이 사랑받기 위해 짓는 그런 미묘한 표정들을 애써 짓지 않아도 될 것이다. 그가 더 적극적으로 다가와 그녀에게 무릎을 꿇었다. 그러니 그녀의 품위는 지켜진 셈이다. 여자들은 그런 식으로 소위 정숙함이라는 품위를 지켜나간다. 여자들은 심지어 가장 뜨겁게 타오르는 사랑, 쾌락의 절정에 다다른 그 순간에도 마치 사랑과 정념의 마지막 성소처럼 품위를 지킨다. 여자들은 자신들의 야성적인 충동과 여성적인 본능, 그 모든 것을 마치 베일 아래 숨기듯 거기다 숨긴다.

며칠 뒤, 베일을 쓴 여자가 퐁 데 아르*를 거의 달리다시피 빠르게 지나가고 있었다. 아침 일곱 시였다.

그녀는 한참을 걸어 드디어 어떤 집의 마차 출입구 앞에 멈춰 서서 에르네스트 씨를 찾았다. 그는 외출하지 않았다. 그녀는 계단을 올라갔다. 계단은 그녀에게 끝도 없이 길게 느껴져서, 3층에 다다랐을 때 금방이라도 쓰러질 것 같아 계단 난간에 몸을 기댔다. 주위의 모든 것들이 빙글빙글 돌고, 낮은 목소리들이 그녀의 귀에 쉭쉭거리며 속삭이는 것 같았다. 마침내 그녀는 떨리는 손을 초인종에 갖다 댔다. 날카롭게 반복되는 초인종 소리가 마치 전기 자극이라도 받은 것처럼 그녀의 가슴 속에서 메아리치며 울려 퍼졌다.

마침내 문이 열리고 에르네스트가 모습을 드러

---

* 프랑스 센 강 위의 보행자 전용 다리. 1809년에 완공된 철제 다리로, 예술가나 학생들이 자주 모여 그림을 그리거나 공연을 하는 장소.

냈다.

"아! 당신이군요, 마짜?"

그녀는 대답하지 않았다. 그녀의 얼굴은 창백했고, 온몸이 땀으로 흠뻑 젖어 있었다. 에르네스트는 차갑게 그녀를 바라보면서 실내 가운의 비단 허리띠를 허공에 빙빙 돌리고 있었다. 그는 자신이 곤경에 처하지나 않을까 두려워했다.

"들어와요." 마침내 그가 말했다.

그는 그녀의 팔을 잡고 억지로 소파에 앉혔다. 잠시 침묵이 흐른 뒤 그녀가 입을 열었다.

"에르네스트, 당신에게 할 말이 있어서 왔어요. 이건 당신에게 마지막으로 하는 말이에요, 당신은 날 떠나야 해요, 난 더 이상 당신을 만나선 안 돼요."

"왜죠?"

"당신이 나에게 짐이 되기 때문에요, 난 당신 때문에 괴로우니까, 당신 때문에 죽을 것 같으니까!"

"내가요! 그게 무슨 말이에요, 마짜?"

그는 일어나 커튼을 치고 문을 닫았다.

"뭐 하는 거예요?" 그녀가 공포에 질려 외쳤다.

"내가 뭘 하냐고요?"

"그래요."

"당신은 여기 있어요, 마짜, 당신이 내 집으로 날 찾아왔다고요. 아! 부정하지 마세요, 난 여자들을 알아요." 그가 미소를 지으며 말했다.

"계속해 보시죠." 그녀가 분한 마음으로 대꾸했다.

"자, 마짜, 그 정도면 됐어요. 충분해요."

"당신이 사랑한다고 말한 여자 앞에서 그런 말을 대놓고 하다니, 너무 무례한 거 아닌가요?"

"미안해요! 아, 용서해 줘요!"

그는 무릎을 꿇고 오랫동안 그녀를 쳐다보았다. 그녀가 말했다.

"그래요, 나도 당신을 사랑해요, 내 목숨보다 더. 자, 당신에게 날 바칠게요."

그리고 그곳, 사방이 벽으로 둘러싸인 그곳에서,

비단 커튼 아래, 소파 위에서, 사람을 미치게 하거나 죽게 만들기에 충분하고도 남을 만큼의 사랑, 입맞춤, 황홀한 애무, 불타는 쾌락이 있었다. 그리고 그녀가 그의 포옹 속에서 충분히 시들고, 지치고, 망가졌을 때, 그녀가 지쳐서 숨을 헐떡이며 무너져 내렸을 때, 그녀를 꽉 끌어안고 자기 품에서 절정을 느끼는 모습을 몇 번이나 본 다음에, 그는 그녀를 혼자 남겨둔 채 집에서 나왔다.

그날 저녁, 그는 베푸르 레스토랑*에서 근사한 저녁을 먹었다. 시원한 샴페인이 사람들 사이를 오가며 넘칠 듯 잔들을 채우고 있었다. 디저트가 나올 무렵, 그가 크게 외치는 소리가 들렸다. "친구들, 나 이번에 또 한 건 해냈어!"

그 여자는 자기 집으로 돌아갔다. 영혼은 슬프고, 눈에는 눈물이 가득했다. 하지만 정절을 지키지 못해서가 아니었다. 그건 그녀를 전혀 괴롭히지 않

---

* 파리에서 가장 역사가 깊고 아름다운 레스토랑 중 하나.

았으니까. 처음에는 '정절이란 게 뭘까' 곰곰이 생각해 보기도 했다. 하지만 그건 단지 하나의 '단어'에 지나지 않는다는 결론을 내리고는 그냥 무시해 버렸다. 그 대신 그녀는 자기가 맛보았던 느낌과 감각들을 떠올렸다. 생각하면 할수록 실망과 씁쓸함밖에 남지 않았다. "아! 이건 내가 꿈꿨던 게 아니야!" 그녀는 말했다.

애인의 품에서 벗어났을 때 그녀는 마치 구겨진 옷처럼 무언가가 자기 안에서 구겨지고, 자신의 시선처럼 풀이 죽어 있는 것 같았다. 아주 높은 곳에서 떨어져 내린 듯했고, 사랑은 이게 다가 아니라는 생각이 들었다. 육체적 쾌락 뒤에 그것보다 더 큰 쾌락은 없는지, 즐거움 뒤에 더 광대한 희열은 없는지 그녀는 궁금했다. 그녀는 한없는 사랑, 끝없는 열정에 대한 채워지지 않는 갈증을 갖고 있었다. 하지만 사랑이란 단지 입맞춤, 애무, 연인과 그의 정부가 서로 얽혀서 기쁨의 비명을 내지르며 몸을 섞는 환희의 한순간일 뿐임을 알게 되었을 때, 그리고 그 순간이 끝나면 남자는 몸을 일으키고 여자는 홀로 남겨진다는 것을 알게 되었을 때, 그들의 정념은 약간의 육체적 접촉과 격렬한 반응만으로도 충족되고 도취될 수 있다는 것을 깨달았을 때, 그녀의 마음은 음식을 먹지 못해 굶주린 사람들처럼 공허해졌다.

하지만 그녀는 지난 일을 돌이켜 생각하는 것을 이내 그만두고, 미소 짓는 현재만을 생각하기로 했다. 더 이상 존재하지 않는 것들에 눈을 감았다. 끝없는 과거의 꿈들과 모호하고 불확실한 압박감을 마치 공상을 밀어내듯 흔들어 떨쳐내고는 자신을 이끌고 가는 급류에 온전히 몸을 맡겼다. 그녀는 곧 무기력하고 나른해져서 반쯤 잠에 빠져들었다. 잠들어 가며 술에 취한 듯한 기분을 느끼는 상태, 자신이 작은 배에 홀로 남아 세상이 점점 멀어져 가는 동안 흔들리는 파도에 실려 먼바다로 이끌려가고 있는 듯한 그런 상태에 이르렀다. 그녀는 더 이상 남편도 자식들도 떠올리지 않았고, 자신의 평판

따위는 더더욱 생각하지 않았다. 사교 모임에서 다른 여자들이 그녀를 있는 대로 물어뜯고, 젊은이들, 에르네스트의 친구들이 카페와 선술집에서 자기들 멋대로 안주거리 삼아 그녀를 씹어대는 것 따위는.

그러나 갑자기 자연과 그녀의 내면에서 그때까지 전혀 알지 못했던 어떤 선율이 들려왔다. 그녀는 그로부터 새로운 세계, 광활한 공간들, 끝없이 펼쳐진 지평선을 발견했다. 마치 모든 것이 사랑을 위해 태어난 것 같았다. 인간은 열정과 감정을 품을 수 있는 상위의 존재로, 오직 그것에만 능숙하며, 오로지 감정에 따라 살아야 하는 것 같았다. 그녀의 남편에 관해 말한다면, 그녀는 여전히 그를 사랑했고 더 깊이 존경했다. 그녀의 자식들은 그녀의 눈에 귀엽고 사랑스러웠다. 하지만 그녀는 마치 남의 아이들을 사랑하듯 그 아이들을 사랑했다.

그녀는 날마다 자기가 전날보다 더 사랑하고 있다고 느꼈고, 그것이 살아가는 중요한 이유가 되었으며 이제 정념 없이는 살아갈 수 없으리라고 생각했다. 하지만 그녀가 처음에 웃으며 장난처럼 갖고 놀았던 그것이 마침내 심각하고 끔찍하게 변해버렸다. 일단 그녀의 마음속에 들어온 정념은 격렬한 사랑이 되었고, 이어서 일종의 광기, 일종의 분노가 되었다. 그녀 안에는 불과 열기, 무한한 욕망과 쾌락에 대한 갈증이 가득 차 있었다. 그것들이 그녀의 피, 혈관, 피부, 심지어 손톱 끝까지 흐르고 있어서 그녀는 미치고, 취하고, 혼란스러워졌다. 그녀는 자신의 사랑이 죽음으로도 끝낼 수 없는 영원한 것이기를 바랐을 것이다. 애정과 쾌락을 베풀고 열정으로 가득 찬 격렬한 밤들 속에서 삶을 활활 타오르게 하는 가장 격정적이고 가장 숭고한 정념에 온몸을 맡기면서, 그녀는 자신의 앞날에 육체적 쾌락과 즐거움이 영원히 펼쳐질 것만 같았다.

광란의 열기에 휩싸여 있을 때면, 인생은 오직 정념일 뿐이며 자신에게는 사랑이 전부라고 외치곤 했다. 그러고는 머리는 흐트러지고, 눈은 불타오르고, 가슴은 흐느낌으로 헐떡이면서 연인에게 물었다. 그도 그녀처럼 높은 산 위에서, 파도가 와서 부딪치는 깎아지른 기암절벽 위에서, 두 사람이 자연과 하늘과 구별되지 않고 그들의 한숨이 폭풍우 소리와 뒤섞이는 그런 곳에서 단둘이서만 몇백 년을 함께 살고 싶지 않으냐고. 그런 뒤에 그녀는 그를 오랫동안 바라보며 다시 새로운 입맞춤과 포옹을 요구했고, 그의 품에 안기며 말없이 정신을 잃었다.

그리고 그날 저녁 그녀의 남편이 평소와 다름없는 평온한 표정으로 집으로 돌아와, 오늘 자신이 돈을 벌었고, 그날 아침에 좋은 투자를 했고, 어떤 농장을 구입했고, 연금을 팔았고, 그래서 마부를 한 사람 더 쓸 수 있게 되었으며 마구간에 말도 두 마리 더 들일 수 있다고 말했을 때, 그리고 그런 말과 그런 생각을 하면서 그녀를 껴안고 자신의 사랑이자 생명이라고 불렀을 때, 아! 그녀의 마음에 분노가 치밀어 올랐다. 그녀는 그를 저주하며 마치 원숭이의 그것처럼 차갑고 역겨운 그의 애무와 키스를 질색하며 밀쳐냈다.

그녀의 사랑에는 와인 찌꺼기 같은 고통과 씁쓸함이 있었다. 그것이 오히려 사랑을 더 자극하고 더 뜨겁게 달아오르게 했다.

그녀는 자신의 집과 가족, 하인들을 떠나 에르네스트와 단둘이 마주 앉아 있었다. 그때 그녀는 그의 손에 죽었으면 좋겠다고, 그의 품에서 숨이 막히는 걸 느껴보고 싶다고 말했다. 그러고 나서 자기는 더 이상 아무것도 사랑하지 않으며 모든 걸 경멸한다고, 오직 그만을 사랑한다고 덧붙였다. 그녀는 그를 위해 신을 버렸고, 그의 사랑에 신을 희생시켰으며, 그를 위해 남편을 팽개쳐 세상의 조롱거리로 만들었고, 그를 위해 아이들마저 버렸다. 그녀는 그 모든 것에 기꺼이 침을 뱉었다. 종교, 도덕, 그녀는 그 전부를 발로 짓밟았고, 연인의 애무를 얻기 위해 자신의 평판을 팔아치웠다. 그녀는 그의 마음에 들기 위해 그 모든 것을 행복하고 기쁜 마음으로 제물로 바친 셈이었다. 그의 눈길 한 번, 입맞춤 하나를 얻기 위해 자신의 모든 믿음, 모든 환상, 자신의 모든 미덕까지, 결국 자신이 사랑했던 그 모든 것을 파괴했다. 그리고 그의 입술에 오랫동안 입을 맞춘 뒤 그의 품을 벗어나면서, 그녀는 마치 시든 제비꽃이 더 은은하고 달콤한 향기를 풍기듯 자신이 더 아름다워질 것만 같았다.

아! 누가 알 수 있을까, 한 여인의 떨리는 가슴 아래 때때로 얼마나 많은 환희와 광기가 숨어 있는지!

그런데 에르네스트는 카페 여종업원이나 단역 배우보다 조금 더 그녀를 사랑하기 시작했다. 심지어 그녀를 위해 시를 써서 바치기까지 했다. 게다가 어느 날 나는 그의 눈이 빨개져 있는 것을 보았는데, 그것으로 미루어보아 그는 아마 울었거나⋯⋯ 잠을 설쳤던 것 같았다.

III

 어느 날 아침, 에르네스트는 푹신하고 커다란 소파에 앉아 벽난로 받침대 위에 두 발을 올려놓고 실내 가운에 코를 파묻은 채, 타닥타닥 소리를 내며 불판 위로 치솟는 불꽃을 바라보면서 마짜에 대해 깊이 생각하고 있었다. 그때 그의 머릿속에 어떤 생각이 번뜩 떠올랐다. 그건 이상하게도 그를 놀라게 했다. 그는 두려움을 느꼈다.
 그렇게 아낌없이, 그렇게 열정적으로 자신의 아름다움과 사랑을 바치는 마짜 같은 여자에게 사랑받고 있다는 사실을 떠올리면서, 그는 그 여자의 정념이 두려워 몸을 떨었다. 마치 바다가 너무 넓다고 말하면서 바다에서 멀리 달아나는 아이들처럼. 그리고 어떤 도덕적 관념이 그의 머릿속에 떠올랐다, 이는 그가 《유용한 지식 저널》*과 《가족 박물관》**의 기고자가 된 뒤로 생긴 새로운 습관이었다. 내 생각에, 그는 이처럼 결혼한 여자를 유혹하여 아내의 의무와 자식들에 대한 사랑에서 멀어지게 하는 것은 도덕적으로 옳지 않으며, 그녀가 마치 제물처럼, 그의 발밑에 바치며 불태우는 그 모든 희생을 받아봐야 그 자신에게도 결코 좋을 게 없다고 생각한 듯하다. 그러니까 결국, 그는 이 여인에게 지치고 싫증이 난 거였다. 그녀는 쾌락을 너무 진지하게 받아들이고, 온전하고 독점적인 사랑만을 원했다. 그녀와는 더 이상 소설에 대해서도, 유행이나 오페

---

* 대중에게 실용적이고 유익한 지식을 널리 알리는 것을 목적으로 1831년 프랑스에서 창간된 잡지.
** 1833년 창간된, 《유용한 지식 저널》과 비슷한 성격의 문학 잡지.

라에 대해서도 이야기할 수 없었다.

그는 무엇보다 그녀와 헤어지고 싶었다. 그녀를 이대로 버리고, 그전에 그가 사귀다 시들해졌던 다른 여자들, 그녀처럼 명예를 잃고 버려진 여자들이 있는 세상 속으로 내던져 버리고 싶었다. 마짜는 그의 무관심과 미적지근한 태도를 알아차렸지만, 그것을 사람들의 눈을 의식한 세심한 배려라고 생각했고, 그래서 오히려 그를 더욱더 사랑하게 되었다. 에르네스트는 종종 그녀를 피하고 그녀에게서 달아났다. 하지만 그녀는 무도회에서, 산책길과 공원에서, 미술관에서, 곳곳에서 그를 만날 수 있다는 사실을 알고 있었다. 그녀는 군중 속에서 그를 기다렸다가, 그에게 한두 마디 말을 건네어 그녀를 바라보는 모든 사람들 앞에서 그의 얼굴이 벌겋게 달아오르게 만들 수도 있었다.

또 어떤 날은 그가 그녀의 집으로 찾아오기도 했다. 그는 잔뜩 굳은 심각한 표정으로 들어섰지만, 사랑에 빠진 이 세상 물정 모르는 젊은 여자는 그의 목에 뛰어들어 키스를 퍼부었다. 하지만 그는 그녀를 차갑게 밀어내면서 자신들이 더는 사랑해서는 안 된다고 잘라냈다. 광기와 열정의 시간이 지나고 나면 자신들 사이에 일어난 모든 일을 끝내야만 한다고, 남편을 존경하고 자식들을 소중히 여기고 가정을 지켜야 한다고 말하고 나서, 그는 자신이 많은 것을 보고 공부했다면서 이런 말까지 덧붙였다. 신의 섭리는 공정하고, 자연은 하나의 걸작이며, 사회는 놀라운 창조물이다. 요컨대 인류애는 아름다운 것이므로 사람들을 사랑해야 한다.

그 여자는 분노와 자존심과 사랑 때문에 울었다. 입술은 웃고 있지만 가슴은 쓰라림으로 가득 찬 채 그녀는 물었다. 자기가 더 이상 아름답지 않으냐고, 그의 마음에 들기 위해서는 뭘 어떻게 해야 되냐고. 그녀는 자신의 창백한 이마와 검은 머리칼, 목과 어깨, 맨 가슴을 그의 눈앞에 드러내며 미소를 지었다. 온갖 유혹에도 불구하고 에르네스트는 무덤덤할 따름이었다. 그녀를 더 이상 사랑하지 않았기 때문에. 그녀의 집을 나설 때 그의 마음속에 조금이라도 감정이 남아 있었다면, 그것은 마치 미친 사람을 만나고 나오는 사람들이 느끼는 그런 감정이었을 것이다. 그리고 자신에게 남아 있던 정념의 찌꺼기나 사랑의 불씨가 되살아나려는 기미가 조금이라도 보이면, 그는 그것을 이성이나 논리로 빠르게 꺼버렸다.

그렇게 자신의 마음을 말로 다스릴 수 있고, 영혼 깊이 뿌리내린 정념을 도덕성으로 파괴할 수 있는 사람들은 행복하다. 그런데 그 도덕성이란 서점 주인이 책 위에 덧발라 놓은 광택제나 판화가가 새긴 책의 표지 그림처럼 오직 책에만 덧붙여 놓은 것일 뿐이다.

어느 날, 미친 듯이 흥분한 마짜는 그의 가슴을 물어뜯고 그의 목에 손톱을 박아 넣었다. 자신들의 사랑이 피로 물드는 광경을 목격한 에르네스트는 이 여자의 정념이 더할 수 없이 잔인하고 위험하다는 것을 다시금 깨달았다. 결국 그를 질식시켜 죽음에 이르게 할 독기 서린 기운이 그녀 주위에 감돌고 있다는 사실을. 이 사랑은 격정의 소용돌이 속에서 끊임없이 씹고 으깰 먹이를 던져줘야만 하는 화산과 같으며, 그녀의 관능적 쾌락은 마침내 심장을 태워버리는 끓어오르는 용암과 같다는 것을. 그러므로 떠나야 했다. 영원히 그녀를 떠나야 했다. 그게 아니면, 사람을 현기증 나게 휘감아 끝없는 정념의 길, 미소로 시작해서 무덤에서야 비로소 끝이 나는 그 길로 몰아가는 소용돌이 속으로 그녀와 함께 몸을 던져야 했다.

그는 떠나는 편을 택했다.

어느 날 저녁 열 시에 마짜는 한 통의 편지를 받았다. 그녀는 거기서 다음과 같은 문장을 읽었다.

"잘 있어요, 마짜! 이제 우린 다시는 만나지 못할 겁니다. 내무장관님이 나를 멕시코의 특산물과 토양을 연구하는 학술위원회의 회원으로 임명했어요. 잘 있어요! 난 르아브르 항구에서 배

를 탈 겁니다. 행복해지고 싶다면 내게 품었던 사
랑은 거두고, 대신 미덕과 당신의 의무들을 사랑
하세요. 이게 나의 마지막 충고입니다. 다시 한번
작별 인사를 보냅니다. 부디 잘 지내세요."

에르네스트

 그녀는 '작별'이라는 말에 짓눌린 채 편지를 몇
번이고 다시 읽었다. 그녀는 자신의 모든 불행과 절
망을 담고 있는 그 편지에서 눈을 떼지 못하고, 자
신의 모든 행복과 삶이 달아나며 침몰하는 것을 보
고 있었다. 그녀는 눈물 한 방울 흘리지 않았고, 울
부짖지도 않았다. 그저 하인을 불러 역마차용 말들
을 빌려오고 자신의 마차도 준비해 놓으라고 지시
했을 뿐이었다. 남편은 독일에 가 있었기 때문에 그
녀를 막을 사람은 아무도 없었다.

 그녀는 자정에 출발했다. 그녀는 전속력으로 마
차를 몰았다. 물을 한 잔 마시기 위해 한 마을에서
잠시 멈춰 섰을 뿐, 쉬지 않고 달렸다. 길모퉁이, 언

덕길, 굽이 길이 나올 때마다 그녀는 자기가 사랑하는 사람을 빼앗아갈 바다, 자신의 욕망과 질투의 대상인 바다가 곧 눈앞에 나타날 거라고 생각하면서 정신없이 달렸다. 오후 세 시 무렵, 마침내 르아브르에 다다랐다.

마차에서 내리자마자 그녀는 부두 끝으로 달려가 바다를 바라보았다……. 하얀 돛 하나가 수평선 너머로 사라지고 있었다.

IV

 그는 떠났다! 영원히 떠났다. 그녀가 눈물로 뒤범벅이 된 얼굴을 다시 들었을 때는 아무것도 보이지 않았다. 광활하게 펼쳐진 바다밖에는…….
 대기가 지글지글 끓어오르는 여름 한낮이었다. 땅은 마치 화덕 속의 달아오른 공기처럼 뜨거운 김을 내뿜고 있었다. 방파제에 다다랐을 때, 소금기를 머금은 청량한 바닷바람에 마짜는 생기를 약간 되찾았다. 남쪽에서 불어오는 산들바람에 파도가 부풀어 올라 해변으로 나른하게 실려 와서, 조약돌 위에서 낮게 흐느끼는 소리를 내며 사그라졌다. 검고 두터운 구름이 그녀의 왼편, 바닷물 위에서 붉은빛을 띠며 반짝이는 저무는 해 쪽으로 몰려들고 있었다. 그 구름들은 금방이라도 울음을 터뜨릴 것만 같았다. 성을 내지 않는 바다는 음울한 노래를 부르면서 잔잔히 굽이치고 있었고, 방파제의 바위에 부딪힐 때면 파도가 허공으로 솟구쳐 올랐다가 은빛 가루가 되어 흩어지며 떨어져 내렸다.

거기에는 야생적인 조화로움이 있었다. 마짜는 바다의 힘에 매료당한 채 오랫동안 파도 소리를 들었다. 그 물결 소리는 하나의 언어, 하나의 목소리를 갖고 있었다. 그녀처럼 바다도 불안과 번민으로 가득 찬 채 슬퍼하고 있었다. 그녀처럼 파도도 자신의 흔적을 젖은 모래 위에 남기며 바위에 부딪혀 죽으러 달려오고 있었다. 돌 틈에서 싹튼 풀 한 포기가 물방울로 무거워진 머리를 숙였다. 밀려오는 파도가 매번 그 풀의 뿌리를 뽑아내려 했다. 뿌리는 점점 더 뽑혀나가다가, 마침내 파도 속으로 사라져 더 이상 보이지 않았다. 그 풀은 어렸고, 꽃을 피우고 있지 않았던가? 마짜는 씁쓸한 미소를 지었다. 그 꽃도 그녀처럼 이제 막 꽃피기 시작했건만 파도에 쓸려가 버렸다.

뱃사람들이 탄 작은 배 한 척이 항구로 들어오고 있었다. 그들이 거의 눕다시피 한 자세로, 어망에 연결된 밧줄을 끌어당기는 소리가 밤새들의 울음소리와 함께 멀리서 울려 퍼졌다. 그 새들은 마짜의 머리 위에서 검은 날개를 펼치고 천천히 선회하다가, 밀물에 떠밀려 온 해변의 잔해들 위로 일제히 내려앉았다. 그때, 그녀는 바다 저 밑바닥에서 자기를 부르는 목소리를 들었다. 그녀는 깊은 바닷물을 내려다보면서 숨이 막혀 죽기까지 몇 분 몇 초가 걸릴까 가늠해 보았다. 자연 속의 모든 것이 그녀처럼 슬펐다. 파도는 한숨을 내쉬는 것 같았고, 바다는 울고 있는 것 같았다.

그럼에도 불구하고, 삶에 대한 어떤 실낱같은 애착이 그녀에게 살아야 한다고, 세상에는 여전히 행복과 사랑이 있으니 그녀는 기다리고 희망하기만 하면 된다고, 나중에 그를 다시 만나게 될 거라고 속삭였던 것일까? 밤이 찾아오고 마치 하렘의 후궁들 사이로 등장하는 술탄 부인처럼 달이 동료들 가운데 모습을 드러냈다. 경주마의 입가에 이는 거품처럼 파도 위에 반짝이는 물거품밖에 보이지 않았다. 하나둘 꺼져가는 도시의 불빛들과 함께 도시의 소음이 안개 속으로 사라지기 시작할 때쯤, 마차는 다시 출발했다.

그 밤, 아마도 새벽 두 시쯤 되었을까, 그녀는 창을 열고 밖을 내다보았다. 마차는 평원을 달리고 있었다. 길가에 늘어선 나무들의 가지 사이로 스며든 밤빛에 나무들이 마치 거대한 유령처럼 보였다. 그 유령들은 모두 바람에 흔들리면서 마차를 앞질러 달려갔다. 휘파람을 불듯 획획 소리를 내며 지나가는 바람에 마구 흔들리는 나뭇잎들은 마치 헝클어진 머리카락이 휘날리는 것처럼 보였다. 마차가 어느 시골 마을에 멈춰 섰을 때, 말과 마차를 연결하는 가죽끈 하나가 끊어져 있었다. 밤이 깊었다. 들리는 것이라고는 나무들이 흔들리는 소리, 땀에 젖은 채 헐떡이는 말들의 거친 숨소리, 그리고 홀로 울고 있는 한 여인의 흐느낌뿐이었다.

날이 밝을 무렵, 거기서 가장 가까운 마을을 향해 가고 있는 사람들이 보였다. 이끼와 푸른 잎들로 덮어 가린 과일들을 시장으로 실어가는 사람들이었다. 그들은 노래를 부르고 있었다. 오르막길이어서 그들이 천천히 걸어가고 있었기 때문에 그녀는 오랫동안 노랫소리를 들을 수 있었다. "아! 세상엔 저렇게 행복한 사람들도 있구나!" 그녀는 혼자 중얼거렸다.

한낮이었고, 일요일이었다. 파리에서 몇 시간 떨어진 어느 마을, 사람들이 성당 앞 광장으로 나오고 있던 그즈음, 성당 지붕의 수탉 장식 위로 내리쬐는 눈부신 햇빛이 성당의 소박한 스테인드글라스를 환하게 비추고 있었다. 마짜는 마차 안 깊숙이 앉은 채로, 열려 있는 성당 문들 사이로 본당 내부와 제단 위 어둠 속에서 빛나는 촛불들을 볼 수 있었다. 그녀는 푸른색으로 칠해진 아치형 나무 천장과, 오래되어 허옇게 바래고 장식도 없이 밋밋한 돌기둥을 보았다. 이어서 온갖 색깔의 옷을 입은 사람들이 빽빽이 앉아 있는 긴 의자들도 눈에 들어왔다. 이윽고 오르간 소리가 울려 퍼졌다. 그때, 사람들이 큰 파도처럼 움직이며 일제히 밖으로 나왔다. 그중 몇몇은 조화로 만든 부케를 들고 흰색 스타킹을 신고 있었다. 마짜는 누군가의 결혼식이라는 걸 알아차렸다. 광장에서 총성이 몇 번 울렸고, 신랑 신부가 나왔다.

흰 보닛을 머리에 쓴 신부는 자수 레이스로 장식된 허리띠 끝자락을 바라보며 미소를 지었다. 신부 옆으로 다가온 신랑이 행복한 표정으로 하례객들을 바라보며 악수를 나누었다. 마을 시장이자 여관 주인인 신부의 아버지가 그의 보좌관이자 학교 교장인 남자와 자신의 딸을 맺어주었다. 아이들과 여자들 무리가 마짜 앞에 멈춰 서서 멋진 마차와 마차 문에 걸어놓은 붉은 망토를 구경했다. 그들 모두가 웃으며 큰 소리로 떠들어대고 있었다.

그녀가 역참에 들러 지친 말들을 다른 말들로 교체하고 나서, 마을 끝에서 시청으로 들어가는 결혼식 행렬을 다시 마주쳤다. 그녀는 말들이 튀기는 거품이 신랑 신부에게 떨어지고 두 사람의 하얀 옷이 흙먼지로 더럽혀지는 것을 보며 미소를 지었다. 마짜는 고개를 내밀고 그들에게 연민과 질투가 뒤섞인 눈길을 던졌다. 비참한 고통을 겪은 그녀는 이제 심술궂고 질투심 많은 사람이 되어 있었다. 그때, 부자들에게 좋지 않은 감정을 갖고 있던 사람들이 그녀에게 모욕적인 말을 퍼부으며 그녀의 미소에 응수했다. 그들은 마차에 새겨진 문장*에 돌을 던지면서 그녀를 조롱했다.

오랫동안, 길 위에서 덜컹거리는 마차의 흔들림과 결혼식 행렬의 작은 종소리들에 젖어들며 반쯤

---

* 왕족이나 귀족, 또는 중요한 인물들은 자기 가문을 표시하는 문장을 마차에 붙여 신분을 과시했다.

잠이 든 상태로, 마짜는 검은 머리카락에 내려앉는 흙먼지 속에서 마을의 결혼식을 떠올렸다. 행렬을 이끌던 바이올린 선율, 금속 장식들이 부딪히는 소리, 그리고 그녀 주위에서 떠들어대던 아이들의 목소리, 그 모두가 마치 붕붕거리는 벌이나 쉭쉭거리는 뱀 소리처럼 그녀의 귓가에 울리고 있었다.

마짜는 지쳐 있었다. 열기가 마차의 가죽 덮개를 뚫고 그녀를 짓눌렀고, 햇빛은 정면에서 날카롭게 쏟아져댔다. 그녀는 흰색 천 베개에 머리를 뉘고 잠들었다가 파리에 들어서면서 눈을 떴다.

시골과 들판을 벗어나 도심의 거리로 다시 접어들면 모든 것이 갑자기 흐릿하고 스산해 보인다. 마치 조명이 형편없어 음침하고 어두컴컴한 장터 극장* 안처럼. 마짜는 미로처럼 꼬불꼬불한 골목길 안으로 기쁨에 넘쳐서 뛰어들었다. 왁자지껄한 소음들이 그녀를 현실로 끌어내어 세상과 다시 연결

---

* 중세 이후 프랑스의 여러 장터에서 펼쳐지던 공연 형태로, 행상인들이 중심이 되어 다양한 기예와 희극, 인형극 등을 펼쳤다.

시켰다. 그녀는 자신의 마차 창문 앞을 빠르게 스쳐 지나가는 얼굴들을 보았다. 하나같이 그림자 인형극의 그림자들처럼 차갑고, 무표정하고, 창백해 보였다. 마치 해진 옷의 구멍들을 감추려는 듯 가슴에는 원한을 품고 있으면서도 입가에는 미소를 머금은 채 강둑길을 맨발로 오가는 가난한 사람들을 생전 처음 본 그녀는 놀라움을 금치 못했다. 그녀는 공연장과 카페로 몰려드는 사람들을, 마치 축제 행렬이 있는 날 색색의 화려한 망토처럼 거리를 장식하고 있는 지체 높은 귀족들과 그들의 하인들을 보았다.

그 모든 것은 그녀에게 거대한 규모의 공연 같았다. 돌로 지은 궁전, 불 켜진 상점, 퍼레이드 의상, 웃음거리들, 종이로 만든 왕의 홀, 하루살이 왕국들이 있는 광대한 극장처럼 보였다. 여기서는 무용수의 화려한 마차가 사람들에게 흙탕물을 튀기며 지나가고, 저기서는 한 남자가 유리창 너머에 쌓인 금무더기를 보면서 굶어 죽어간다. 웃음과 눈물, 부와 가난은 어디에나 있고, 마치 사제의 검은 망토를 스치며 지나가는 매춘부의 낡은 숄처럼 미덕을 모욕하고 미덕의 얼굴에 침을 뱉는 악덕은 어디에나 있다. 오! 대도시에는 당신을 혼란에 빠뜨리고 취하게 만드는 부패하고 해로운 기운, 마치 저녁 무렵 지붕 위로 드리우는 어두운 안개처럼 무겁고 불건전한 무언가가 있다.

　마짜는 그 부패의 공기를 가슴 가득 들이마셨다. 그녀에게는 그 공기가 향기처럼 느껴졌다. 그때 처음으로 그녀는 악덕에는 끝없이 펼쳐진 거대한 무엇인가가, 죄악에는 쾌락적인 무엇인가가 있음을 알아차렸다.

　집으로 돌아온 그녀는 자신이 아주 오래 떠나 있었던 것처럼 느꼈다. 그만큼 아주 짧은 시간 동안 많은 고통과 슬픔을 겪었다. 그녀는 눈물을 흘리면서, 그날 여정에서 보고 들었던 전부를 끊임없이 다시 떠올리며 온밤을 지새웠다. 자신이 거쳐온 마을들, 자기가 지나온 그 모든 길이 눈앞에 보였다. 그녀는 자신이 여전히 방파제 위에서 바다와 멀어져 가는 돛을 바라보고 있는 것만 같았다. 사람들이 축제 의상을 입고 행복한 미소를 짓고 있던 결혼식도 떠올랐다. 포석이 깔린 도로 위를 굴러가던 자신의 마차 소리도 들렸고, 자신의 발아래 우르릉거리며 튀어 오르던 파도 소리도 들렸다. 그러다가 문득, 그녀는 시간이 엄청나게 흘러가 버린 것 같은 기분이 들어 화들짝 놀랐다. 마치 백 년을 살아 백발 노인이 된 듯싶었다. 이렇게 고통은 사람을 무너뜨리고, 슬픔은 사람을 갉아먹는다. 어떤 날들은 당신을 마치 수십 년을 살아온 것처럼 늙게 만들고, 어떤 생각들은 당신에게 수많은 주름을 남긴다.

그녀는 회한 어린 미소를 지으며 행복했던 나날을 떠올렸다. 어린 시절 루아르 강가에서 보낸 그 평온했던 바캉스. 그때 그녀는 나무 오솔길 사이를 달리면서 꽃을 가지고 놀았고, 지나가는 거지들을 보고 울었다. 그녀는 자신의 첫 번째 무도회를 기억했다. 그때 그녀는 춤을 아주 잘 추었고, 우아한 미소와 상냥한 말들에 더할 수 없는 기쁨과 즐거움을 느꼈다. 그리고 연인의 품속에서 보낸 열기와 광란의 시간들, 황홀경과 분노의 순간들을 다시금 떠올렸다. 그때 그녀는 눈길 하나하나가 몇백 년 동안 지속되기를, 한 번의 입맞춤이 영원히 끝나지 않기를 바랐다. 하지만 이제 그 모든 것이 마치 길 위의 먼지처럼, 바다 물결 위의 항적처럼 영원히 사라지고 지워져 버린 건 아닐까, 그녀는 생각했다.

V

 결국 그녀는 되돌아왔다. 하지만 이젠 혼자였다! 이제는 의지할 사람도, 사랑할 대상도, 아무것도 없었다. 어떻게 해야 할까? 어떤 결정을 내려야 할까? 아! 죽음이여, 무덤이여, 그녀는 백 번이라도 죽었을 것이다. 그가 떠나고 삶이 시들해져 버렸음에도 불구하고 마음 한편에 실낱같은 희망이 남아 있지 않았더라면.

 그녀는 도대체 무엇을 희망하는 걸까?

 그건 그녀 자신도 몰랐다. 단지 삶에 대한 믿음

을 아직도 갖고 있을 뿐이었다. 어느 날 에르네스트에게서 온 편지를 받았을 때 그녀는 그가 아직도 자기를 사랑한다고 믿었다. 하지만 편지는 또 하나의 환멸을 안겨주었을 뿐이었다.

그것은 풍부한 은유와 과장된 표현으로 가득 찬, 겉멋을 잔뜩 부린 장문의 편지였다. 에르네스트는 더 이상 자기를 사랑해서는 안 되며 그녀의 의무와 하나님을 생각해야 한다고 말하고 있었다. 거기에다 가정과 모성애에 관한 그럴듯한 조언까지 덧붙이고는, 드 부이이 씨나 코탱 부인*처럼 약간의 감정을 실어 끝을 맺었다.

가련한 마짜! 그토록 많은 사랑과 애정을 쏟아부었는데, 돌아오는 건 이토록 차가운 무관심과 이성적이고 싸늘한 반응뿐이라니! 그녀는 무기력과 혐오에 빠졌다. "난 사람이 슬픔 때문에 죽을 수도 있

---

* 마르탱 드 부이이와 마리 앙투아네트 코탱. 19세기 프랑스 작가들로, 감성적이고 감동적인 마무리로 작품을 끝맺는 것으로 유명하다.

다고 생각했어!" 언젠가 그녀는 말했다. 그녀의 혐오는 점점 원망과 질투로 변해갔다.

이제 세상의 소리는 그녀에게 불협화음을 이루는 지옥의 소리처럼 들렸고, 자연은 신의 조롱처럼 느껴졌다. 모든 것이 증오스러웠다. 감정들이 하나하나 마음속에서 생겨날 때마다 증오심이 그 안으로 스며들었다. 그래서 마짜는 세상의 그 무엇도 사랑하지 않게 되었다. 단 한 남자만을 제외하고. 공원에서 자식들과 함께 놀면서 아이들의 다정한 손길에 미소 짓는 어머니들, 남편과 함께 있는 여자들, 정부와 함께 있는 연인들을 볼 때면, 그 모든 사람들이 행복하게 미소 지으며 삶을 사랑하는 모습을 볼 때면, 그녀는 그들을 질투하는 동시에 저주했다. 모두 발로 밟아 짓뭉개 버리고 싶었다. 그들 옆을 지나갈 때면 그녀는 비웃음 어린 입술로 경멸의 말이나 오만한 미소를 던지곤 했다.

사람들은 그녀가 그토록 많은 재산과 높은 신분을 갖고 있는 데다가 젊고 건강하기까지 하니 더 바랄 게 없을 것 같다고, 무엇 하나 부족할 게 없는 행복한 인생을 사는 게 틀림없을 거라고 이야기했다. 그녀는 겉으론 미소를 지었지만 마음속으로는 분노가 치밀어 올랐다. "아! 멍청한 인간들!" 그녀는 속으로 말했다. "겉모습만 보고 행복할 거라고 생각하는 멍청이들, 고통이 웃음을 짜내기도 한다는 걸 모르는 바보들."

그때부터 그녀는 인생을 한없이 길게 이어지는 고통의 절규로 받아들였다. 자신들의 정숙함을 뽐내는 여자들과 사랑을 자랑하는 여자들을 볼 때면, 그녀는 그 여자들의 정숙함과 사랑을 싸잡아 비웃고 조롱했다. 신을 믿는 행복한 사람들을 빈정대며 괴롭혔다. 성직자들은? 그들 앞을 지나치면서 음란한 눈빛으로 그들의 얼굴을 새빨갛게 만들고 그들의 귓가에 웃음을 흘렸다. 젊은 여자들과 순결한 처녀들은? 자신이 겪은 사랑과 정념에 관한 이야기로 그녀들의 얼굴을 창백하게 만들었다. 사람들은 그 파리하고 야윈 여자, 불타오르는 눈과 저주받은 여자의 얼굴을 한 그 떠도는 유령 같은 존재가 누구인지 궁금해했다. 만약 누군가가 그녀를 알고 싶어 다가간다 해도, 그녀의 삶에서는 오직 고통만을, 그녀의 행동에서는 오직 눈물만을 발견할 것이다.

아! 여자들! 여자들! 그녀는 마음 깊이 여자들을 증오했다. 특히 젊고 아름다운 여자들을. 어떤 공연장이나 무도회에서 샹들리에와 촛불의 불빛 아래 물결처럼 흔들리는 목선, 레이스와 다이아몬드가 박힌 목걸이를 드러낸 여자들. 남자들은 서둘러 그녀들의 미소에 미소로 화답하고 아첨하며 찬사를 보낸다. 그녀는 그런 여자들의 옷과 자수 놓인 하늘거리는 천들을 구겨버리고 싶었고, 그 사랑스러운 얼굴들에 침을 뱉고 싶었으며, 그렇게 차갑고 그렇게 자긍심 넘치는 낯짝들을 진흙탕 속에 처박고 싶었다. 그녀는 이제 불행과 죽음밖에는 아무것도 믿지 않았다.

그녀에게 미덕은 하나의 단어일 뿐이었고, 종교는 하나의 환영일 뿐이었으며, 평판은 마치 주름을 가리는 베일처럼 거짓된 가면일 뿐이었다. 그녀는 오만함에서 기쁨을, 경멸에서 쾌감을 느꼈고, 교회 앞을 지나가며 침을 뱉었다.

에르네스트, 그의 목소리, 그가 했던 말들, 그녀를 그토록 오랫동안 가슴 뛰게 하고 사랑에 미치게 했던 그의 품속을 생각할 때, 그리고 남편과의 잠자리에서도, 아! 그녀는 고통과 불안으로 몸을 뒤틀었다. 마치 극심한 고통 속에 신음하며 죽어가는 사람처럼 몸부림치면서 어떤 이름을 외쳐 불렀고, 어떤 추억을 떠올리며 눈물을 흘렸다. 그녀는 그 남자의 아이들을 낳았고, 그 아이들은 자신들의 아버지를 닮았다. 세 살짜리 여자아이, 다섯 살 된 사내아이. 아이들이 놀고 있을 때면 그들의 웃음소리가 그녀에게까지 스며들곤 했다. 아침이면 아이들은 웃으며 다가와 그녀에게 입을 맞췄지만, 그들의 어머니는 더할 수 없는 고통으로 온밤을 지새웠고, 뺨에 흐른 눈물이 아직도 마르지 않은 상태였다.

그가 어쩌면 폭풍우를 만나 바다 위를 홀로 떠돌

면서, 물결에 이리저리 휩쓸리며 살기 위해 처절한 사투를 벌이고 있을지도 모른다는 생각이 문득문득 들었다. 파도에 흔들리며 떠다니는 시신과 독수리가 그 시신 위에 내려앉는 광경을 눈에 그릴 때면, 꽃이 핀 나무나 햇살에 반짝이는 풀잎 위의 이슬을 보여주려고 환호성을 지르며 그녀에게로 달려오는 아이들의 소리가 들려오곤 했다. 그녀에게 그것은 마치 돌바닥에 넘어져 고통스러워하는 사람이, 주변에서 손뼉을 치며 웃어대는 사람들을 보는 것과 다르지 않았다.

그렇다면, 그녀로부터 멀리 떨어져 있는 에르네스트는 무슨 생각을 하고 있었을까? 사실, 가끔씩 할 일이 아무것도 없을 때, 여가 시간이나 지루하고 무기력한 순간에, 그도 그녀의 뜨거운 포옹, 풍만한 엉덩이, 하얀 젖가슴, 길고 검은 머리카락을 떠올리곤 했다. 그는 그녀가 아쉬웠다. 하지만 그는 한 여자 노예의 품속으로 서둘러 달려가, 가장 강렬하고 신성한 사랑에서 피어난 불꽃을 재빨리 꺼버리곤 했다. 게다가 그는 그 상실감을 쉽게 달래며 아주 잘한 선택이라고, 그건 시민으로서 마땅히 해야 할 행동이었다고, 프랭클린이나 라파예트*도 이보다 더 잘할 수는 없었을 것이라고 생각했다. 그때 그는 애국심과 노예 제도, 커피와 절제 문화**가 공존하는 땅, 아메리카 대륙에 있었기 때문이다.

그는 마치 귀찮은 이웃과 연을 끊듯 감정을 주저 없이 털어버릴 정도로 이성과 판단을 더없이 중요시하는 그런 사람들 중 하나였다. 하나의 세상이 그들을 갈라놓고 있었다. 마짜는 광기와 불안에 사로잡혀 있었다. 자신의 연인이 흑인과 혼혈 여자들의 품에서 즐거이 탐닉하고 있는 동안, 그녀는 지루함으로 죽어갔다. 한편으로 그녀는 에르네스트가 오직 그녀만을 위해 살며 고통을 느끼고 있지만 그

---

* 미국 독립전쟁과 관련이 깊은 중요한 역사적 인물들로, 이 두 사람은 공공의 이익을 위해 헌신하고 시민의 책임을 다한 예로 자주 언급된다.
** 미국에서 19세기경 활발했던 금주 운동과 건강한 사회를 만들기 위한 절제 운동을 가리킨다.

고통을 짐승 같고 야만적인 웃음으로 스스로 조롱하면서 다른 여자에게 몸을 맡기고 있다고 믿었다. 이 가련한 여인이 울면서 신을 저주하는 동안, 지옥에 구원을 요청하고 마침내 사탄이 찾아오지 않을까 기대하며 고통에 몸부림치고 있는 동안, 어쩌면 그녀가 그의 머리카락으로 만든 메달리온***에 미친 듯이 입을 맞추고 있는 바로 그 순간. 아마도 같은 순간에, 에르네스트는 마치 농장주처럼 재킷과 흰색 바지 차림으로 미국 어느 도시의 광장을 심각한 표정으로 거닐다가, 근육질의 튼튼한 팔과 육중하게 흔들리는 커다란 젖가슴, 그리고 성적 쾌락을 줄 수 있는 흑인 노예를 돈으로 사기 위해 시장으로 가고 있었을지도 모른다.

한편으로 에르네스트는 화학 연구에도 관여했다. 두 개의 거대한 상자에 석영층과 광물학적 분석에 대한 노트가 가득했다. 더욱이 그곳의 환경은 그

*** 19세기에 유행한 장식, 기념품으로, 머리카락을 정교하게 직조해 만들어 사랑이나 추억을 기념하는 장식용 펜던트.

에게 매우 이상적이었다. 지식이 풍부한 학술단체들, 철도, 증기선, 사탕수수, 인디고 염료 같은 것들이 가득한 그 유쾌한 환경 속에서 그는 만족스럽게 잘 지내고 있었다.

마짜는 어떤 환경 속에서 살아가고 있었을까? 그녀의 생활 반경은 그렇게 넓지 않았다. 하지만 그것은 눈물과 절망 속에서 맴돌다가 결국에는 죄악의 나락 속으로 사라지는 별개의 고립된 세계였다.

VI

저택의 안뜰로 통하는 대문 위에 검은 휘장이 드리워져 있었다. 휘장은 가운데 부분이 위로 들려 있어서 불완전한 아치 형태를 이루고 있었다. 그 틈 사이로, 안쪽에 놓인 관과 그 양옆에서 타오르고 있는 커다란 촛대 위의 촛불들이 보였다. 매서운 겨울 바람이 검은 휘장을 스쳐 지나갔다. 촛불의 불빛은 마치 죽어가는 사람의 목소리처럼 떨면서, 검은 천 위에 흩뿌려진 은빛 눈물처럼 반짝였다. 때때로, 장례식 진행을 맡고 있던 두 명의 묘지 관리인이 조문객들이 도착할 때마다 한쪽으로 비켜서며 지나갈 길을 터주었다. 조문객들은 하나같이 검은색 옷에 흰색 넥타이와 주름이 잡힌 자보*를 착용하고, 곱슬머리**를 하고 있었다. 고인의 곁을 지나갈 때 그들은 모자를 벗고 검은 장갑 끝을 성수에 담갔다.

눈이 내리는 한겨울이었다. 장례 행렬이 떠난 뒤, 검은 망토를 길게 두른 한 젊은 여인이 안뜰로 내려와 돌바닥을 덮으며 쌓이는 눈 위를 발끝으로 조심조심 걸어갔다. 그녀가 검은 베일을 들어올리자 창백한 얼굴이 드러났다. 그녀는 멀어져 가는 장례 마차를 지켜보았다. 그러고는 아직도 타오르고 있는 두 개의 촛불을 끄고 위층으로 되올라가 망토를 벗고 자신의 하얀색 샌들을 벽난로 불에 따뜻하

---

* 셔츠나 블라우스의 목 부분에 달린 주름 장식. 17~19세기 프랑스의 상류층 남성들은 검은 옷에 자보와 흰 넥타이 등으로 장례식의 격식을 갖추었다.
**유럽 전역을 휩쓸던 곱슬머리 가발은 프랑스 혁명 이후 구시대의 유물로 전락하고, 대신 곱슬머리 헤어스타일이 유행했다. 결혼식이나 장례식 등 특별한 날, 남자들이 곱슬머리로 단장하는 것은 사회적 지위와 예절을 표현하는 방식이었다.

게 데우고는, 다시 한번 고개를 돌렸다. 이제 길모퉁이를 돌아가고 있는 맨 마지막 조문객의 검은 등 밖에는 아무것도 보이지 않았다.***

포장도로 위로 장례 마차 바퀴가 단조롭게 덜컹거리며 굴러가는 소리가 더 이상 들리않았을 때, 성직자들이 부르는 노래와 장례 행렬, 그 모든 것이 지나가고 모두가 떠났을 때, 그녀는 고인의 침상으로 달려들었다. 그리고 그 텅 빈 침대 위에서 마음껏 뒹굴고 몸이 떨릴 정도로 격한 기쁨에 몸부림치며 이렇게 소리쳤다. "어서 와요! 이제 이 모든 건 다 당신 거예요! 난 당신을 기다리고 있어요. 그러니 와요, 내 사랑, 결혼 첫날밤의 침대와 그 감미로운 쾌락들, 이건 다 당신 거야! 당신 것, 오직 당신만의 것이야, 사랑과 쾌락의 세계에 우리 둘뿐이야! 자, 이리 와요, 나는 당신의 애무를 받으며 여기

*** 19세기 프랑스의 상류층이나 귀족 가문에서는 고인의 아내가 장례 행렬을 직접 따라가는 것은 사회적 관습과 규범에 따라 제한적이었다.

누워서 당신의 입맞춤 아래 뒹굴 거야!" 그녀는 자신의 서랍장 위에 놓인 작은 상자를 보았다. 장미목으로 만든 그 상자는 에르네스트가 그녀에게 준 선물이었다. 바로 그날처럼 어느 겨울날 에르네스트는 외투로 몸을 감싼 채 도착했다. 그의 모자에는 눈이 쌓여 있었다. 그가 그녀를 안았을 때 그의 피부는 젊음의 싱그러움과 향기를 지니고 있어, 입맞춤을 장미의 숨결처럼 달콤하게 만들었다. 상자 중앙에는 그들의 이니셜인 M과 E가 얽혀 있었고, 나무에서는 향기가 났다. 그녀는 코를 가까이 댄 채 오래도록 꿈결 같은 생각에 잠겨 있었다.

얼마 지나지 않아 하녀가 그녀에게 아이들을 데려왔다. 아이들은 울면서 아버지를 찾았고, 마짜의 품에 안겨 다정한 위로의 말을 듣고 싶어 했다. 하지만 그녀는 한마디 말도 없이 미소 한 번 짓지 않고 아이들을 하녀와 함께 돌려보냈다.

그녀는 그를 생각하고 있었다. 아주 멀리 있는 그, 다시 돌아오지 않는 그를.

VII

그녀는 그렇게 몇 달을 살았다. 다가올 미래와 단둘이. 날이 갈수록 점점 더 행복하고 자유롭다고 느끼면서. 마음속 모든 것이 사라져 가고 사랑이 그 자리를 채웠다. 그 모든 정념, 그 감정들, 한 영혼 속에 자리를 차지하고 있던 그 모든 것이 떠났다. 어린 시절에 느꼈던 죄책감들, 처음에는 정숙함이, 그 다음으로 종교가, 그 뒤로는 도덕성이 그녀의 영혼 속에서 떠나갔다. 마침내는 그녀가 깨진 유리 조각들처럼 내던진 그 모든 것들의 잔해마저 사라져 버렸다. 그녀에게는 이제 여자로서의 그 어떤 것도 남아 있지 않았다. 오직 사랑밖에는. 하지만 그것은 스스로를 고문하고 타인들을 불태우는 사랑, 전폭적이고 무시무시한 사랑이었다. 마치 분출하며 자신을 파괴하고 골짜기의 꽃들 위로 펄펄 끓는 용암을 쏟아붓는 베수비오 화산 같은 사랑.

그녀에게는 아이들이 있었다. 아이들은 그들의 아버지처럼 죽어갔다. 그들은 날이 갈수록 점점 더 얼굴빛이 파리해지면서 앙상하게 말라갔다. 그리고 밤이 되면 헛것을 보며 잠에서 깨어났다. 죽기 바로 직전, 그들은 몸을 뒤틀면서 뱀이 자신들의 가슴을 물어뜯는다고 말했다. 사실 거기에는 끊임없이 그들을 찢고 불태우는 무언가가 있었다. 분노와 복수심으로 가득 찬 마짜는 입가에 미소를 띤 채 그들의 끔찍한 고통을 조용히 지켜보고 있었다.

두 아이 모두 같은 날 죽었다. 그들의 관에 못을 박는 장면을 볼 때도 그녀의 눈에서는 눈물 한 방울 흐르지 않았고, 그녀의 가슴에서는 한숨 한 번

새어 나오지 않았다. 그녀는 관 속에 누워 있는 그들을 차갑고 메마른 눈으로 내려다보았다. 그리고 마침내 혼자가 되었을 때, 그녀는 행복하고 편안한 마음으로 밤을 보냈다. 그녀의 영혼은 평온했으며 마음에는 기쁨이 가득했다. 그 어떤 회한도, 고통의 비명도 없었다. 그녀는 다음 날 떠날 생각이었다. 모욕당한 사랑에 대해, 그리고 자신의 운명 속에 있었던 그 모든 비극적이고 끔찍한 일들에 대해 복수한 뒤 프랑스를 떠나려는 것이었다. 한때 자신을 조롱했던 운명, 삶, 인간들, 신을 비웃어주고, 이번에는 그녀 자신이 삶과 죽음, 눈물과 슬픔을 조롱한 뒤, 자신에게 이토록 견딜 수 없는 고통을 준 하늘에게 범죄로 앙갚음을 한 뒤에.

안녕, 유럽의 땅이여, 안개와 빙하로 가득한 곳, 마음들은 공기처럼 미지근하고 사랑 또한 잿빛 구름처럼 열정도 생기도 없이 흐물거리는 곳이여, 안녕히! 나에게는 이제 아메리카가 있다. 불타는 대지, 이글거리는 태양, 맑고 푸른 하늘, 야자수와 플

라타너스 나무숲 속의 아름다운 밤들이 있는 그곳. 잘 있거라 세상 사람들아, 그동안 고마웠다, 이제 나는 떠난다, 나는 배에 뛰어든다. 자, 가자, 나의 아름다운 배야, 빨리 달려가자! 너의 돛들이 바람의 숨결에 부풀어 오르고, 너의 뱃머리가 파도에 부딪친다, 폭풍우를 뚫고 뛰어올라, 파도를 뛰어넘어라, 그러다가 설령 네가 결국 부서진다 해도, 너의 파편들과 함께 그가 숨 쉬는 땅에 나를 던져다오!

그날 밤은 망상과 흥분 속에 지나갔다. 그러나 그것은 기쁨과 희망의 망상이었다. 그를 생각하면서, 그를 껴안고 그와 함께 영원히 살아가리란 생각 속에서 그녀는 미소를 지었고, 행복에 겨워 울었다.

그녀의 아이들이 묻혀 있는 무덤의 흙은 아직도 성수에 젖어 차갑고 촉촉했다.

VIII

 아침에 한 통의 편지가 그녀에게 도착했다. 그것은 에르네스트가 일곱 달 전에 보낸 편지였다. 그녀는 떨리는 손으로 봉투를 뜯고, 탐욕스럽게 읽어 내려갔다. 편지를 다 읽고 난 뒤, 그녀는 두려움에 하얗게 질린 얼굴로 다시 읽어보았다. 하지만 끝까지 읽기가 힘들었다. 거기에는 다음과 같은 내용이 적혀 있었다.

 부인, 당신의 편지들은 왜 항상 그렇게 점잖지

못한 겁니까? 특히 마지막 편지는 더더욱 그렇더군요. 나는 그 편지를 불태워 버렸습니다. 누군가가 그걸 읽기라도 했다면 나는 창피해서 얼굴이 빨개졌을 겁니다. 도대체 그 열정을 조금이라도 자제할 수 없는 겁니까? 왜 이토록 끊임없이 추억을 들먹이며 내 연구를 방해하고, 잘 지내고 있는 나를 괴롭히는 겁니까? 내가 당신에게 뭘 어떻게 했기에 이렇게까지 나에게 질척대는 겁니까?

부인, 다시 한번 말하지만, 나는 이성적이고 절제된 사랑을 원합니다. 나는 프랑스를 떠났습니다. 그러니 내가 당신을 잊었듯 당신도 날 잊고, 당신 남편을 사랑하세요. 행복은 사람들이 많이 다녀 다져진 길에 있습니다. 산길은 가시덤불과 돌로 가득 차 있어서, 사람을 고통스럽게 하고 쉽게 지치게 만듭니다.

지금 나는 행복합니다. 강가에 작지만 멋진 집도 마련했습니다. 나는 강이 가로지르고 있는 평원에서 곤충 채집을 하고 야생 식물들을 조사합니다. 그리고 집으로 돌아오면, 흑인 하인이 나를 맞아줍니다. 그는 땅에 엎드려 절을 하고, 어떤 호의를 얻고자 할 때는 내 구두에 입까지 맞춥니다. 이렇게 나는 자연과 과학 속에서 행복하고 고요하고 평화로운 삶을 일궈냈습니다. 당신은 왜 그렇게 하지 않습니까? 누가 그렇게 하지 못하게 하나요? 원하면 무엇이든 할 수 있는 법입니다.

당신을 위해, 당신의 행복 자체를 위해, 더 이상 나를 생각하지도 말고 편지도 쓰지 말라고 조언드립니다. 편지를 주고받는 게 무슨 소용이 있습니까? 당신이 나를 사랑한다고 백번 말하고, 여백마다 '사랑해'라고 또 백번 써본들, 그게 우리에게 무슨 도움이 되겠습니까?

그러니 모든 걸 잊어야 합니다, 부인. 그리고 우리가 예전에 어떤 사이였는지 더 이상 떠올리지 말아야 합니다. 그때 이미 우리 각자가 원했던 걸 충분히 얻지 않았나요?

나는 여기서 거의 확실하게 자리를 잡은 셈입

니다. 현재 나는 광산 조사분과협회의 수석 이사로 일하고 있습니다. 협회장의 딸은 이제 열일곱 살인데, 아주 매력적인 사람입니다. 그녀 아버지의 연봉은 육만 리브르입니다. 그리고 그녀는 외동딸인데, 성품이 온화하고 착합니다. 게다가 사리판단이 분명해서 가정을 잘 꾸리고 집안을 잘 돌볼 겁니다.

한 달 후에 나는 결혼합니다. 만약 당신이 늘 말하는 것처럼 날 사랑한다면, 당신도 기뻐해 줘야 합니다. 난 행복하기 위해 결혼하는 거니까요.

안녕히 계십시오, 빌레르 부인, 당신을 배려하는 마음에서 당신을 더 이상 사랑하지 않는 남자를 더는 생각하지 마세요. 그리고 만약 나에게 마지막으로 도움을 베풀고 싶으시다면, 가능한 한 빨리 시안화수소* 반 리터를 보내주십시오. 과학 아카데미의 사무국 직원에게 내가 미리 부탁해

---

* 청산가리를 뜻한다.

두었으니, 그가 그걸 안전하게 당신에게 전해줄 겁니다. 그는 아주 뛰어난 화학자입니다.

 잘 지내세요. 당신을 믿습니다, 부탁한 시안화수소를 잊지 마세요.

에르네스트 보몽

 편지를 다 읽고 난 그녀는 무슨 소린지 알아들을 수 없는 비명을 내질렀다. 마치 벌겋게 달궈진 집게로 그녀를 지져댄 것처럼.

 그녀는 오랫동안 엄청난 충격과 당혹감에 사로잡혀 있었다. "아! 비열한 인간!" 마침내 그녀가 말했다. "나를 유혹해 놓고, 이제 다른 여자 때문에 날 버리는구나! 그를 위해 모든 걸 다 바쳤고, 이제 아무것도 없는데! 바닷물에 모든 걸 다 던져 넣고 널빤지 하나에 겨우 의지하고 있건만, 그 널빤지마저 손에서 미끄러져 물 밑으로 가라앉고 있는 것 같아!"

 그녀, 그 가련한 여인은 그를 너무도 사랑했다!

그녀는 그를 위해 정절을 내팽개쳤고, 자신의 사랑을 아낌없이 퍼부었다. 그녀는 신마저 부인했다. 그리고 또, 아! 그보다 더한 건, 남편과 아이들까지 버렸다는 사실이었다. 그녀는 그와 다시 만날 생각을 하고 있었기 때문에 남편과 아이들이 신음하며 죽어가는 모습을 미소 띤 얼굴로 바라보았었다. 이제 어떻게 해야 할까? 앞날은 어떻게 될까? 다른 여자, 그가 '사랑해!'라고 말할 다른 여자. 그는 그 여자의 눈과 가슴에 입을 맞추고, 그 여자를 자신의 인생이자 전부라고 부르겠지. 다른 여자! 그럼 마짜는? 그녀가 그 사람 외에 다른 남자를 사랑한 적이 있었던가? 오로지 그를 위해 남편을 잠자리에서 밀어내지 않았던가? 불륜을 저지른 입술로 남편을 속이지 않았던가? 기쁨의 눈물을 흘리며 남편을 독살하지 않았던가?

그는 그녀에게 신과 같은 존재였고 그녀의 삶 자체였다. 그러나 그는 그녀를 이용할 대로 이용하고 실컷 즐기고 난 뒤 그녀를 무참하게 버렸다. 이제 그는 그녀를 멀리 밀어내고, 끝없는 심연으로 던진다. 그것은 죄악과 절망의 심연이다!

또 한 번, 그녀는 자신의 눈을 믿을 수 없어서 그 치명적인 편지를 다시 읽으며 눈물로 종이를 적셨다.

"어떻게, 어떻게 이럴 수가 있지?" 낙담과 슬픔이 분노와 격노로 바뀐 뒤, 그녀는 말했다. "아, 어떻게, 당신이 나를 떠나? 이제 난 이 세상에 나 혼자뿐이야, 가족도, 부모도 없어. 내 가족도, 부모도 다 당신에게 바쳤으니까, 난 명예도 잃고 혼자가 되었어, 당신을 위해 그걸 희생했으니까. 사회적 평판마저 완전히 망가진 채로 혼자가 되었어, 나를 당신의 정부라고 부르던 세상 모든 이가 보는 앞에서 당신의 입맞춤 아래 내 명예를 버렸으니까. 당신의 정부! 그런데 이 비겁한 인간, 당신은 지금 내 존재가 수치스러워 얼굴을 붉히는구나!"

그리고 죽은 자들, 그들은 어디에 있을까?

어떻게 해야 할까? 어떻게 살아가야 하나? 마짜

의 마음속에는 단 한 가지 생각, 단 한 가지 바람뿐이었다. 당신을 만나러 가고 싶다는 생각. 하지만 당신은 나를 마치 노예 쫓아내듯 내쫓겠지. 이제 와서 내가 다시 세상 여자들처럼 살아가려 한다면, 그 여자들은 나를 비웃고, 거만하게 손가락질하면서 따돌릴 테지. 그들은 그 누구도 사랑해 본 적이 없고, 눈물을 흘려본 적도 없으니까. 아! 그래! 그들은 아마도 말하겠지, 아직도 그렇게 사랑을 원하고 그렇게 열정과 삶을 원한다면 쾌락과 포옹을 정해진 가격으로 사고팔 수 있는 곳으로 가라고. 그곳에서 나는 해가 저물면 타락한 동료들과 함께 유리창 너머로 지나가는 남자들을 부르겠지. 그리고 그들이 오면, 최상의 쾌락을 제공해 줘야 할 거야, 그들이 지불한 만큼 돈값을 해줘야 하고, 그들이 만족하고 떠나면, 나는 아무 불평 없이 더 참아내고 스스로 행복하다고 생각하며 누구에게나 웃어줘야 하겠지. 그런 운명을 내가 자초한 거니까!

하지만 내가 뭘 어쨌기에? 난 누구보다 당신을

사랑했어. 아! 제발! 에르네스트. 나의 이 외침을 들었더라면, 당신은 나를 동정했을지도 몰라, 세상 여자들을 동정한 적이 없는 나를 말이야. 지금 나는 나 자신을 저주하며 불안과 고통 속에 몸부림치고 있고, 내 옷은 눈물로 젖어 있어.

그녀는 넋이 나간 채 정신없이 달리다가 넘어졌다. 그녀는 바닥에 구르면서 신과 인간들, 삶 자체, 모든 살아 있는 것들, 세상과 관련된 그 모든 존재를 저주했다. 그녀는 자신의 검은 머리칼을 몇 줌이나 잡아 뽑았다. 그녀의 손톱은 피로 붉게 물들어 있었다.

오, 삶을 견딜 수 없다! 마침내 어머니의 품에 뛰어들 듯 죽음의 품에 몸을 던지게 된다! 하지만 마지막 순간에 여전히 의심한다, 죽은 뒤에는 이처럼 극심한 고통이 없는지, 세상에서 사라진 뒤에는 아픔을 느끼지 않는 것인지! 모든 것이 혐오스럽다. 이제 아무것도 믿을 수 없다. 마음의 첫 번째 종교인 사랑조차 믿을 수 없다. 이 지속적인 불쾌감과 괴로움을 떨쳐버릴 수 없다. 마치 술에 취한 사람에게 억지로 술을 더 마시게 하는 것처럼!

당신은 왜 내 고독 속에 찾아와 내 행복을 빼앗아갔나? 나는 그렇게 믿음이 강하고 순수했는데. 당신은 나를 사랑하려고 왔고, 그래서 난 당신을 사랑했는데!

남자들, 그들이 날 바라봐 주는 건 정말 멋진 일이지. 당신은 그렇게 나에게 사랑을 줘놓고, 이제는 내 사랑을 거부하는구나. 나는 죄를 지어가면서 그 사랑을 키웠는데, 이제 그 사랑이 나를 죽이려 한다. 당신이 처음 나를 보았을 때, 그때 나는 착한 여자였는데, 이제는 사납고 잔혹한 여자가 되었어. 나는 무언가를 짓밟아 뭉개고, 찢고, 시들게 해서 멀리 던져버리고 싶다. 마치 나 자신처럼. 아! 난 모든 걸 증오해. 인간들도, 신도, 그리고 당신마저도! 그럼에도 불구하고 나는 여전히 당신을 위해 내 생명이라도 내어줄 수 있을 것 같아!

당신을 사랑하면 할수록 점점 더 사랑이 커져갔

어. 마치 바닷물로 갈증을 해소하려 하다가 점점 더 심한 갈증으로 목이 타들어 가는 사람들처럼. 그래서 이제 난 죽을 거야……! 죽음! 더 이상 아무것도 없어, 아무것도! 암흑, 무덤, 그리고…… 끝없는 무의 세계. 아! 그럼에도 나는 살고 싶고, 내가 겪었던 만큼 다른 사람도 고통받게 해주고 싶다. 아, 행복! 그건 어디에 있을까? 아니, 그건 한낱 꿈이야. 미덕? 그건 한낱 단어에 지나지 않아. 사랑? 그건 실망에 불과하지. 무덤? 내가 뭘 알겠어?

이제 곧 알게 되겠지.

IX

 그녀는 일어나 눈물을 닦고, 가슴을 조이며 숨 막히게 하는 흐느낌을 가라앉히려 애썼다. 그리고 거울을 보며 눈이 아직도 울어서 새빨개져 있는지 확인한 뒤, 머리를 다시 묶고 에르네스트의 마지막 소망을 들어주기 위해 밖으로 나갔다.

 마짜는 그 화학자의 집에 도착했다. 그 집에 들어선 그녀는 잠시 그를 기다려야 했다. 그는 빨간색과 초록색 천으로 가구들을 씌워놓은 2층의 작은 거실에서 그녀를 기다리게 했다. 그 방 한가운데에는 마호가니 원탁이 놓여 있었고, 벽면에는 나폴레옹의 전투 장면을 묘사한 석판화들이 걸려 있었다. 그리고 회색 대리석 벽난로 위에는 금으로 만든 추시계가 있었는데, 큐피드가 그 시계의 시계 판을 한 손으로 받치고, 다른 손은 자신의 화살통에 올려놓고 있었다. 시계가 열 시를 알리는 종을 울리자, 문이 열리고 그 화학자가 들어왔다. 그는 키가 작고 마른 남자로, 안경을 쓰고 있었고, 입술이 얇고, 작은 눈은 움푹 들어가 있었다. 그의 인상은 무미건조해 보였지만 태도는 아주 정중했다. 마짜가 자신이 찾아온 이유를 설명하자 그는 에르네스트 보몽 씨에 대한 찬사를 늘어놓기 시작했다. 그는 에르네스트의 성격이며 심성, 기질을 높이 평가했다. 그리고는 마침내 그녀에게 시안화수소가 담긴 약병을 건네주고, 그녀의 손을 잡고 계단 아래로 안내했다. 그는 안뜰에서 발이 젖어가면서까지 그녀를 문 앞까지 정중하게 배웅해 주었다.

마짜는 머리가 너무 뜨거워 길을 걸을 수가 없었

다. 그녀의 두 뺨은 진홍빛이 되어 있었다. 몇 번이나 모공으로 피가 터져 나올 것 같은 느낌이 들었다. 그녀는 칠이 비늘처럼 벗겨져 석회가 칙칙하게 드러난 벽들처럼 가난을 드러낸 집들이 늘어선 거리를 지나갔다. 그 가난을 보면서 그녀는 중얼거렸다. 이제 난 당신들처럼 불행하지 않을 거야. 왕궁 앞을 지나갈 때 두 손으로 그 독약을 꽉 움켜쥐면서 말했다. 안녕, 인생아, 이제 나는 당신들처럼 근심 걱정에 휩싸여 불안해하지 않게 될 거야. 집으로 돌아온 그녀는 문을 닫기 전에 자신이 떠나갈 세상에 마지막으로 눈길을 던졌다. 그리고 소음과 비명으로 가득 찬 도시에도. 안녕, 너희들 모두!

X

 그녀는 책상 서랍을 열었다. 그리고 시안화수소가 든 병을 봉인한 뒤 거기에 주소를 써넣고 나서, 또 다른 쪽지를 썼다. 중앙경찰서장에게 보내는 쪽지였다. 그녀는 종을 울려 하인에게 그것들을 건넸다.

 그리고 세 번째 종이에 이렇게 썼다. "나는 한 남자를 사랑했습니다. 그리고 그를 위해 남편을 죽였습니다. 그를 위해 내 아이들을 죽였습니다. 나는 후회도 희망도 없이 죽습니다, 하지만 미련은 남는

군요." 그녀는 그 쪽지를 벽난로 위에 올려놨다.

"이제 반 시간만 더 지나면," 그녀는 말했다. "죽음이 찾아와 나를 무덤으로 데려가겠지."

그녀는 옷을 벗고, 실오라기 하나 걸치지 않은 자신의 아름다운 몸을 몇 분 동안 바라보면서 그가 주었던 그 모든 쾌락, 그리고 자신이 연인에게 아낌없이 쏟았던 엄청난 환희의 순간들을 떠올렸다.

이런 여자의 사랑이라니! 보석처럼 귀하고 소중하지 않은가!

마지막으로, 자신이 지나온 날들, 행복, 꿈, 젊음의 변덕들, 그리고 또 아주 오랫동안 그를 떠올린 뒤에, 죽음이 무엇인지 생각하고 분노와 무력감으로 자신을 갉아먹고 찢어놓는 생각의 끝없는 구렁텅이를 헤맨 뒤에, 그녀는 갑자기 꿈에서 깨어나듯 벌떡 일어나, 붉은 금속 잔에 덜어놓았던 독약을 탐욕스럽게 마셨다. 그리고 마지막으로 소파에 몸을 뉘었다. 그토록 수없이 에르네스트의 품에 안겨 사랑의 격정 속에 뒹굴었던 그 소파에.

XI

경찰서장이 방에 들어왔을 때 마짜는 아직 신음하고 있었다. 그녀는 바닥에서 몇 번 위로 솟구치더니 몸을 몇 번이나 뒤틀었다. 곧이어 팔다리가 일제히 뻣뻣해졌다. 그녀는 찢어질 듯한 비명을 내질렀다.

경찰서장이 다가갔을 때, 그녀는 죽어 있었다.

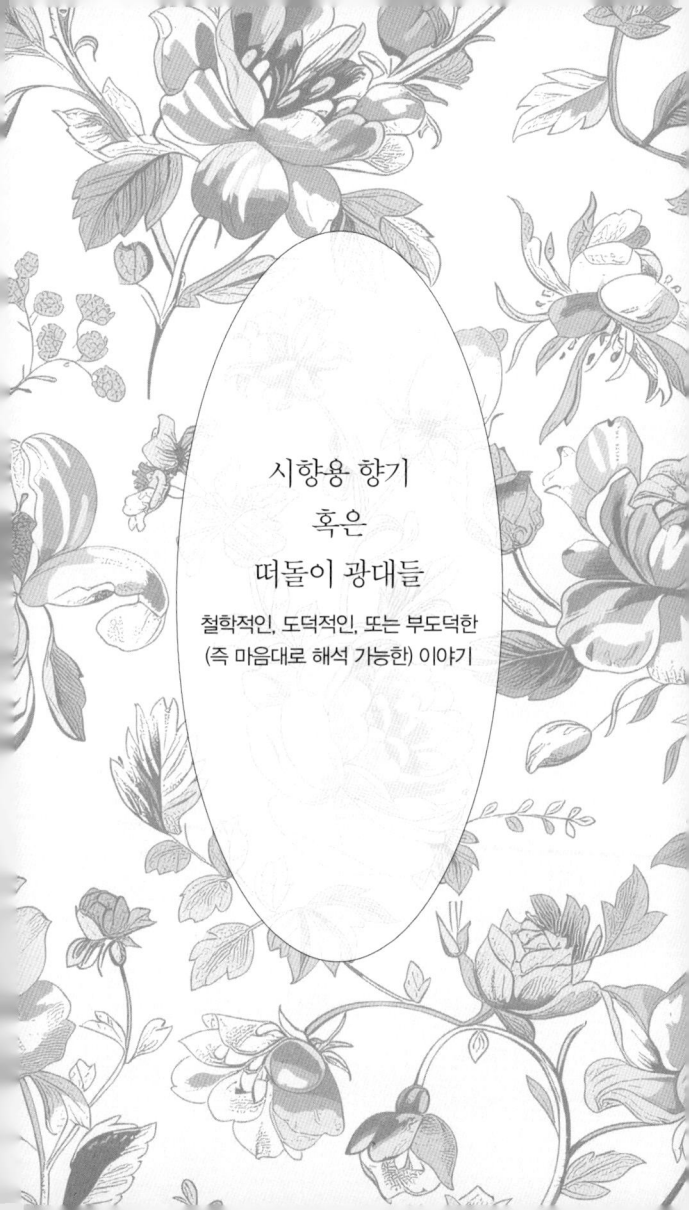

시향용 향기
혹은
떠돌이 광대들

철학적인, 도덕적인, 또는 부도덕한
(즉 마음대로 해석 가능한) 이야기

이 책을 읽는 당신에게

　이처럼 이야기가 자연스레 연결되지도 않고, 앞뒤도 없고, 문체조차 없는 이 글들은 내 서랍 속 먼지 아래 묻혀 있어야 마땅하다. 그럼에도 내가 이 글들을 몇몇 친구들에게 감히 보여주려 한다면, 그것은 그들에게 보내는 신뢰의 표시일 것이다. 그리고 무엇보다 먼저 그 생각의 배경부터 그들에게 설명해 주는 게 좋겠다.

　여기 한 여자는 이빨이 듬성듬성 빠져버린 추한 몰골로 사람들에게 천대와 멸시를 받고, 툭하면 남편에게 두들겨 맞는 곡예사다. 그리고 다른 여자는 언제나 꽃과 향기에 둘러싸인 채 모두에게 사랑받는 어여쁜 곡예사다. 이 두 사람을 서로 만나게 해서 접점을 만들고, 그들을 같은 지붕 아래 모아놓고 질투로 서로를 갈라놓아 이상하고 씁쓸한 결말에 이르게 한다. 그런 다음 감춰진 그 모든 고통, 가식적인 웃음과 화려한 퍼레이드 의상 아래 가려진 그 모든 상처를 드러내고 매춘과 거짓의 망토를 들어올린 다음, 독자로 하여금 이런 질문을 던지게 만든다. 잘못은 과연 누구에게 있는가?

잘못은 물론 이 비극의 인물들 중 어느 누구에게도 없다. 잘못은 환경과 편견, 사회, 그리고 나쁜 어머니가 되어버린 자연*에 있다.

따라서 나는 지적 진보의 증거로 철도와 초등학교밖에 떠올리지 못하는 그 관대한 박애주의자들

---

* 본래 생명을 부여하고 돌보는 역할을 하는 "어머니 같은 존재"이지만, 이 비극 속에서 자식(등장인물들)에게 무관심하고 냉혹하며 고통을 주는 존재가 되어버린 것을 의미한다.

에게 묻겠다.* 그리고 그 행복한 학자들에게도 물어보겠다, 혹시 내 이야기를 읽어봤다면 내가 보여준 고통들에 어떤 치료책을 제시할 수 있는지. 아무것도 없을 것이다, 그렇지 않은가? 그리고 혹시라도 그들이 이 말을 찾아낸다면, 그건 어쩔 수 없는 '아낭케($αναγκη$)'**라고 말할 것이다. 잘못은 그 음울하고 신비로운 신에게 있다. 인간과 함께 태어나 '존재하지 않음'에도 계속 존재하며, 철학과 인간들이 그의 존재를 부정하기 위해 온갖 궤변으로 열변을 토하는 모습을 보며 잔인한 웃음을 짓는 한편, 마치 말라붙은 두개골로 저글링을 하는 거인처럼 그들 모두를 강철 같은 손아귀로 주무르면서 모든 시대와 모든 제국 앞에 사라지지 않고 당당히 맞서왔던 신, 잘못은 바로 그에게 있다!

---

* 작가는 겉보기에 진보적이고 인도주의적인 사람들이 정신적, 도덕적 성숙에 대해서는 외면하고 지적 진보의 기준을 오로지 기술 발전이나 기초 교육 등에만 둔다는 점을 비판하고 있다.
** 고대 그리스어로, 인간이 어쩔 수 없이 겪어야 하는 운명이나 필연, 피할 수 없는 상황, 불가항력적인 필요를 뜻한다.

I
1836년 2월

퍼레이드가 막 시작되려 하고 있었다. 몇몇 악사들이 오보에와 바이올린을 삑삑거리며 조율했고, 사람들이 천막 주변으로 모여들어 몇몇 무리를 이루었다. 그리고 시골 사람들은 놀라움과 즐거움을 가득 담은 눈으로 커다란 간판을 뚫어져라 쳐다보았다. 그 간판에는 붉은색과 검은색 글씨로 아주 커다랗게 이런 문구가 적혀 있었다.

'페드리요 곡예단.'

간판보다 안쪽, 채색된 천 조각 위에는 야만인처

럼 벌거벗은 거대한 근육질의 남자가 어마어마한 무게를 등으로 들어 올리고 있는 모습이 또렷이 보였다. 그의 입에서 흘러나온 삼색 깃발에는 이런 말이 쓰여 있었다.

'나는 북쪽의 헤라클레스다.'

피에로가 단상 위에서 뭐라고 떠들어대는지는 나 못지않게 당신도 잘 알고 있을 것이다. 분명히 당신도 어린 시절, 그 기괴하고 우스꽝스러운 광경 앞에 여러 번 발길을 멈춘 적이 있었을 것이다. 그리고 그가 연설이나 이야기를 한창 하고 있을 때면 어김없이 날아드는 주먹질과 발길질에 말이 끊기곤 하는 광경을 보고 당신도 다른 사람들처럼 웃음을 터뜨렸을 것이다.

천막 안의 광경은 또 달랐다. 세 아이가 있었는데, 그중 가장 어린아이는 겨우 일곱 살쯤 되어 보였다. 그들은 공연 준비를 하는 듯 계단 안쪽 난간 위를 펄쩍펄쩍 뛰어오르거나 줄 위에서 줄타기 곡예를 연습하고 있었다. 병약하고 멍해 보이는 그들의 낯빛은 누리끼리하게 떠 있었고, 얼굴에는 불행과 고통의 흔적이 덕지덕지 묻어 있었다. 분홍색에 은색으로 가장자리를 장식한 그들의 반소매 셔츠 너머로, 뺨을 허옇게 뒤덮은 분칠 너머로, 그리고 훈련된 환한 미소 너머로, 당신은 야위고 메마른 팔다리, 굶주림에 움푹 팬 뺨과 감춰진 눈물을 어렵지 않게 볼 수 있었을 것이다.

"있잖아, 오귀스트," 오직 손목 힘만으로 줄 위에서 물구나무를 서고 있는 아이에게 가장 큰 아이가 말했다. "있잖아," 그 아이는 마치 험악한 표정으로 자신들 주위를 맴도는 남자가 듣지나 않을까 두려운 듯 낮은 목소리로 속삭이듯 말을 이었다. "엄마가 떠난 지 정말 오래된 것 같아."

"응. 정말 오래된 것 같아." 작은 아이가 깊은 한숨을 내쉬며 대꾸했다. 그 아이들의 아버지 페드리요가 사나운 말투로 끼어들었다.

"에르네스토, 그년 얘기는 두 번 다시 입도 뻥끗하지 말라고 내가 분명히 말했을 텐데? 그 여잔 날

지긋지긋하게 괴롭히고 못살게 굴었어. 그래서 지옥으로 떨어진 거야. 차라리 잘됐지 뭐! 하지만 너, 주둥이 조심해. 한 번만 더 네 입에서 그 여자 이름이 튀어나왔다가는 먼지가 나도록 두들겨 패줄 테니까."

그 사내는 그렇게 경고한 뒤 천막 밖으로 나갔다.

"저 인간은 늘 저런 식이지." 아이는 페드리요가 나가자마자 말했다. "입만 열면 우리에게 상처가 되는 모진 말만 내뱉어. 정말 못됐어! 불쌍한 우리 엄마, 엄만 적어도 우리를 사랑했는데!"

"아! 엄마! 맞아, 엄만 그랬어, 그렇지?" 막내가 말했다. "저 인간은 날 너무 못살게 괴롭혀." 그리고 아이는 울기 시작했다.

"게다가 틈만 나면 엄마를 두들겨 팼잖아," 오귀스트가 말했다. "엄마가 못생겼다는 이유로 말이야. 불쌍한 엄마!"

"빨리 눈물 닦아, 사람들이 들어오잖아, 지금은 한가롭게 울고 있을 때가 아니야."

퍼레이드가 끝나고 천막 안은 이내 사람들로 가득 찼다. 저마다 긴 의자들에 자리를 잡았다.

"신사 숙녀 여러분, 관람료는 나가실 때 꼭 내고 가세요!" 페드리요는 몇 번이나 이렇게 외쳐댄 뒤 천막 안으로 다시 들어왔다.

막내가 제일 먼저 날렵한 동작으로 계단을 올라가 단번에 줄 위로 폴짝 뛰어올랐다. 처음 몇 걸음은 불안정했지만, 귀에 딱지가 앉을 만큼 수없이 들어온 페드리요의 격려에 이내 안정을 되찾았다. 페드리요는 아이의 아주 미세한 동작까지도 놓치지 않으며 끊임없이 떠들어댔다.

"자, 용기를 내요. 친구, 용기를! 좋았어! 아주 좋아요! 오늘 저녁엔 설탕을 맛볼 수 있겠군요."

아이가 줄에서 내려왔다. 다음으로 또 다른 아이가 줄 위로 올라갔다. 하지만 그 아이는 조심스럽게 몇 번 점프를 하다가 밑으로 떨어지고 말았다. 페드리요는 잔뜩 화가 난 눈길로 아이를 일으켜 세웠지만, 아이는 울면서 구석으로 달려가 몸을 숨겼다.

이제 에르네스토 차례였다. 그는 사시나무처럼 팔다리를 부들부들 떨고 있었다. 아버지가 바닥에 놓여 있던 가늘고 긴 하얀 장대를 집어 드는 걸 보는 순간, 그의 두려움은 극에 달했다.

구경꾼들이 에워싸고 있는 가운데, 아이는 줄 위에 서 있었다. 페드리요의 시선이 그를 압박했다. 그는 줄 위에서 앞으로 나아가야 했다.

가엾은 아이! 그의 시선은 눈앞에 바짝 들이밀린 장대의 윤곽을 한 치도 놓치지 않고 조심조심 따라가고 있었다. 마치 낭떠러지 끝에서 몸을 기울이고 까마득한 심연의 밑바닥을 내려다볼 때처럼 잔뜩 긴장한 채.

한편으로 장대는 그 줄타기 곡예사의 움직임 하나하나를 따라가면서, 때로는 우아하게 내려가며 그를 격려하고, 때로는 격렬하게 흔들리며 그를 위협하기도 하고, 줄 위에서 박자를 세며 춤의 흐름을 알려주기도 했다. 한마디로, 그 장대는 그의 수호천 사이자 안전장치였다. 아니 오히려 그것은 한 발짝만 잘못 디뎌도 그의 머리 위로 떨어질 다모클레스의 칼날*이었다.

얼마 전부터 에르네스토의 얼굴은 경련하듯 일그러져 있었다. 공중에서 뭔가가 날카롭게 휙 스치는 소리가 났다. 곡예사의 두 눈에 이내 눈물이 가득 차올랐다. 그는 눈물을 가까스로 되삼켰다. 에르네스토는 곧 내려왔다. 줄에는 피가 묻어 있었다.

페드리요의 예명, '북쪽의 헤라클레스'가 화려한 묘기를 시작했다. 그때, 바깥에서 출입구를 지키고 있던 사람이 누군가와 다투는 소리가 들려왔다.

"안 됩니다, 들어갈 수 없어요. 다시 한번 말하지만 당신은 들어갈 수 없어요!"

"들어가고 싶어요, 난."

"당신 같은 사람들은 안 받아요."

"페드리요에게 할 말이 있어요. 그에게 꼭 해야

---

* 고대 그리스의 일화에 나오는 표현으로, 언제 닥칠지 모르는 위험이나 불행을 비유한다.

할 말이 있다고요, 알겠어요?"

"젠장!" 인내심이 바닥난 성실한 문지기가 되풀이했다. "나 원 참! 몇 번을 말하지만, 여기는 당신 같은 그런 옷차림으론 들어갈 수 없다고요, 우린 거지들은 안 받아요."

밖에서 들려오는 다투는 소리에 관객들의 주의가 쏠렸다. 페드리요는 도대체 누가 그토록 자기를 만나고 싶어 하는지 보러 나갔다.

"아! 마녀 같은 할망구, 당신이야?" 누더기를 걸친 초라한 여자에게 그가 말했다. "이렇게 금방 다시 올 줄은 몰랐는걸! 그래, 도대체 어디서 뭘 하다 온 거야? 아니, 지금 말고 나중에 얘기해 줘. 일단 들어와, 마르그리트. 지금 공연 중이니까. 들어와서 우릴 도와줘, 어서 뛰어 올라가, 알겠어? 최선을 다해서 제대로 해."

되받아칠 수 있는 상황이 아니었지만, 그녀는 용기 내어 말했다.

"페드리요, 당신도 알다시피 지금 내 꼴을 봐, 날

보자마자 사람들이 놀리고 비웃을 거야."

그녀는 무어라고 더 말하고 싶었지만, 차마 입을 열지 못했다.

"들어와, 어쨌든 들어오라고!"

마르그리트는 들어갈 수밖에 없었다. 하지만 관객들이 그녀를 보는 순간, 웅성거림이 일었고, 곧 조롱하는 웃음이 터져 나왔다. 넘어지는 사람에게 던지는 그 잔인한 웃음, 화려한 옷을 입은 거만한 사람들이 창녀에게 던지는 경멸의 웃음, 아이가 나비의 날개를 뜯으며 아무렇지도 않게 내뱉는 그 깔깔거림.

마르그리트에게는 계단 위로 올라가는 일조차 쉽지 않았다. 마침내 줄 위에 도착해 두어 걸음 내딛는 순간, 그녀는 쿵 소리를 내며 밑으로 떨어졌다. 그녀의 가슴 깊은 곳에서 날카로운 비명이 터져 나왔다. 장대가 조각조각 부러져 있었다.

천막 안은 순식간에 텅 비었다. 관객들 대부분이 자리를 떴다.

그날 그 마지막 광경은 대부분의 관객을 큰 충격에 빠뜨렸고, 지금껏 줄타기 곡예사가 되어 분홍색 바지를 입고 모로코가죽 부츠를 신는 날을 꿈꿔왔던, 통통하고 발그레한 뺨을 지닌 한 소년의 환상을 무참히 깨뜨려 버렸다.

II

"내가 미리 말했잖아?" 아이들과 페드리요만 남았을 때, 마르그리트가 말했다.

"대체 어떻게 된 일이야?"

"난 몸이 아파, 아직도 고통스러워. 페드리요, 나 정말 많이 아파. 내가 당신을 사랑하는 것만큼 당신도 날 사랑해 준다면!"

"나 원, 마르그리트, 또 불평을 늘어놓기 시작하려는 거야? 정말 진절머리가 나, 내가 그런 말 듣기 싫어한다는 거 당신도 잘 알잖아. 이봐, 도대체 왜 이러는 건데? 무슨 일이 있었던 거야?"

"그건 당신이 나보다 더 잘 알면서 그래? 맙소사, 오늘처럼 내가 줄 위에서 떨어졌던 그날을 기억 못한다는 거야……? 그날 난 다리가 부러졌고, 저녁엔 음식을 목구멍으로 넘길 수조차 없었어, 정말 많이 울었지, 이제 내가 당신한테 쓸모없는 존재가 되었다는 말을 하고 싶지 않았어. 에르네스토와 가로파를 두고 병원에 가기도 싫었어. 걔들과 다시 못 만나게 되는 건 아닐까 겁이 나서."

"흠, 그런데 결국 병원에 갔던 거네?"

"아아! 그래, 안타깝게도 병원에 갔어. 안 갔으면 죽었을 테니까."

곡예사들은 거칠고 투박한 천으로 만든 작은 천막 안으로 들어갔다. 그 안에서는 저녁 식사로 먹을 수프가 숯불 위에서 은은하게 끓고 있었다.

밤이 찾아왔다. 밤공기는 차갑고 축축했다. 십일월의 거센 바람에 거리의 가로수들이 떨어대고 있었다. 때때로 천막 안으로 뚫고 들어오는 바람에 줄타기 곡예사들이 빙 둘러앉아 있는 커다란 궤짝 위의 촛불이 일렁였다. 그들은 각자 사발을 하나씩 들고 있었다. 사발에서 피어오르는 김이 그들의 떨리는 손가락을 따뜻하게 데워주었다.

밤의 어둠 속에서 선명하게 빛나는 가느다란 촛불이 모여 있는 그들의 얼굴을 비추면서 기이하고 묘한 분위기를 드리우고 있었다.

모두 말없이 누군가가 그 정적을 깨뜨려 주기를 기다리고 있었다. 침묵을 깬 이는 페드리요였다.

"이봐," 그가 마르그리트를 바라보면서 자신이 반 시간 전에 꺼냈던 말을 다시 이었다. "그래서, 당신이 가 있었던 곳이 바로 거기였다는 거지? 이젠 다 나은 거야?"

마르그리트는 고개를 들어 잠시 아이들을 바라보고는, 다시 고개를 푹 숙인 채 울기 시작했다.

"아니," 그녀가 아주 나직이 말했다. "아니, 난 아직도 다리를 절어."

"뭐야, 마그리트, 이제 당신한테서 뭘 바랄 수 있

는 거야? 어디 한번 말해봐, 이제 아무짝에도 쓸모 없다는 거야?"

가련한 여인은 남편에게로 몸을 기울이고 그의 귀에 뭐라고 속삭였다.

"얘들아," 그가 다시 말했다. "너희들은 가서 자, 알겠니? 어서 가서 자!"

가로파는 그 말이 이해가 가지 않았다. 그는 슬픈 표정으로 물었다. "그럼 설탕은요?"

페드리요가 씁쓸한 미소를 지었다.

"내일 빵 조각이라도 씹을 수 있다면 다행이라고 생각해, 이 멍청한 녀석아!"

그 미소는 억지스러웠다. 추위 때문에 새파래진 입술 사이로 두 줄의 허연 이빨이 드러났고, 커다란 검은 눈은 아이가 겁을 집어먹을 만큼 뚫어져라 아이를 노려보고 있었다.

바로 그 순간, 한층 더 거세진 바람에 천막이 삐걱거렸다.

"하지만 약속했잖아요? 설탕을 준다고."

"닥쳐! 내가 말했지!"

"아! 아빠, 제발요!"

그는 아이를 거칠게 떠밀었고, 가엾은 아이는 훌쩍거리며 자러 갔다. 페드리요도 그 아이 못지않게 고통스러웠다. 경련이 일어나 이가 달그락거렸다.

"애를 그렇게 심하게 몰아붙이다니!" 마르그리트가 말했다.

"그건 그러네."

그는 마치 잠이라도 든 것처럼 멍하니, 가슴이 찢어지는 듯한 생각들에 깊이 잠겼다.

다시 바람이 불어와 촛불마저 꺼져버렸다.

"추위." 마르그리트가 그에게 다가갔다. "너무 추워, 당신 외투 좀 빌려줘."

"내 외투……? 외투라, 그건 진즉에 팔아버렸어."

"그걸 왜?"

"빵 사려고, 마르그리트. 당신도 빵은 먹어야 하잖아?"

"그런데 나한테 무슨 할 말이 있어서 애들을 재운 거야?"

"당신한테 하려던 말? 글쎄 뭐였더라……"

"그건 그렇고 너무 추워!"

"어떡하지, 마르그리트, 난 이제 가진 게 아무것도 없어, 아무것도……"

그는 잠시 멈췄다가 다시 말을 이었다.

"총알 한 발밖에는……"

"아! 제발, 제발 날 좀 도와줘, 페드리요!"

그녀는 붉고 앙상한 두 팔로 그를 감쌌다. 누더기를 걸친 추한 여자가 마치 본능처럼 자신을 밀어내는 그 남자를 그토록 사랑스럽게 끌어안는 모습, 그 비참함과 다정함, 그것은 참으로 흉측하면서도 숭고한 광경이었다.

"자," 페드리요가 말했다. "내일 아이들을 데리고 광장으로 가. 갈 때 내 바이올린도 가져가고. 그리고 무슨 수를 써서라도 빵을 구해와."

반 시간 뒤, 곡예사들은 모두 잠들어 있었다. 거

세게 불던 바람도 가라앉았다. 구름을 벗어난 달이 꽁꽁 얼어붙은 겨울밤의 하얀 서리 속에서 아름답고 맑게 빛났다. 바람에 미친 듯이 펄럭이다 잠잠해진 간판은 달빛을 받아 은빛으로 물들었다. 천막 안은 고요했다. 하지만 간간이 한숨 소리와 흐느낌이 들리곤 했다.

한 여인이 울고 있었다.

III

 다음 날 마르그리트는 일찍 일어났다. 그녀는 밤새 한숨도 자지 못했다. 그녀의 손은 식은땀으로 푹 젖어 있었고, 발은 눅눅한 열기로 벌겋게 달아올라 있는 데다, 머리도 펄펄 끓고 있었다. 그녀는 페드리요의 바이올린과 낡은 페르시아 양탄자를 집어 들고는 에르네스토와 가로파를 데리고 밖으로 나왔다.

 아! 당신은 눈보라가 휘몰아치는 한겨울에 어느 교회 기둥 옆에 웅크린 채 떨고 있는 걸인을 본 적이 있는가? 늦은 밤, 어둡고 좁은 길모퉁이에서 당신의 외투를 잡아당기는 누군가의 손길을 느낀 적이 없는가? 당신은 외면했다…… 당신에게 울면서 이런 말을 했던 건 바로 어떤 가련한 여인, 누더기를 걸친 걸인이었다. "배가 고파요!" 그러고 나서 그녀는 흐느꼈다. 하지만 그녀의 간절한 애원을 외면하고 달아나는 당신의 그림자는 귀족의 마차들과 금빛 제복을 입은 하인들이 늘어서 있는 어느 극장 앞에 멈춰 섰다.

그러고 나서 당신은 어쩌면 공연의 막간에, 가로등 불빛 아래 보았던 그 애처롭고 창백한 모습들을 떠올렸으리라. 만약 당신의 영혼이 선하고 관대하다면, 당신은 그들을 다시 찾아가 도와주려고 극장 밖으로 뛰쳐나갔을 것이다.

하지만 이미 늦었다…… 그 여인은 아마도 자신의 몸을 팔아 빵 한 덩어리를 사기 위해 매음굴을 찾아갔는지도 모른다. 그렇게 해서 오케스트라가 우르릉 쾅쾅 울려대고, 손들이 감동의 박수를 치고 있는 동안, 그 거지 여자는 퐁뇌프 다리 밑에서 가랑이를 벌린 채 몸부림치고 있었을 것이다.

풍요라는 허울 아래 감춰진 가난만큼 나를 슬프게 하는 건 아무것도 없다. 그 무엇도 가난한 맨머리를 두르고 있는 하인의 장식 띠*만큼, 흐느낌을 덮어 가리는 노랫소리만큼, 한 방울의 꿀 아래 숨겨진 눈물만큼 슬플 수는 없다. 그래서 나는 진심 어린 애정으로 떠돌이 광대들과 매춘부들을 불쌍히 여긴다.

하지만 당신이 두 아이를 데리고 있는 마르그리트를 마주쳤더라면, 마르그리트가 바이올린을 연주하는 동안 그녀의 아이들이 양탄자 위에서 펄쩍펄쩍 뛰어오르고 있는 광경을 목격했더라면, 호기심만 가득하고 비정한 군중이 어리석고 냉소적인 눈길로 그들에게 다가가는 것을 보았더라면, 논리

---

* 19세기 프랑스에서는 모자 착용이 개인의 사회적 정체성과 거의 직결되어 있었다. 맨머리를 드러낸 사람은 흔히 가난, 하층민, 혹은 사회적 주변부를 상징한다.

의 최고 단계에 도달한 그 극단적인 이기주의 앞에서 당신의 심장은 피를 흘렸을 것이다.

그렇다! 사회는 떠돌이 광대와 그녀의 어린 자식들을 염려하는 것보다 훨씬 더 중요한 할 일들이 있다! 정부는 그녀가 배를 곯고 있는지 어떤지 별 관심이 없다. 무엇보다 정부는 그녀에게 줄 돈이 없다. 여든여섯 명의 사형집행인들**에게 급여부터 지불해야 하지 않는가?

그렇긴 하다. 십일월의 쌀쌀한 아침나절에 광장에 멈춰 서서 떠돌이 광대의 묘기를 구경할 사람이 누가 있을까? 하물며 그 광대가 마르그리트였다면, 누가 관심을 가지고 멈춰 섰겠는가?

흰 뿔로 만든 빗을 꽂은 빨강 머리, 볼품없이 굵은 허리. 그녀의 드레스는 또 어떤가? 그건 아예 보이지도 않았다. 무릎까지 내려오는 갈색 천 조각으

** 19세기 프랑스에서는 각 주요 도시나 지역별로 사형집행인을 두었는데, 전국적으로 합하면 약 80여 명의 사형집행인이 있었다고 한다.

로 온몸을 둘둘 감싸고 있었으니까. 시선을 좀 더 아래쪽으로 향하다 보면, 분홍색 스타킹에 감싸인 굵고 못생긴 한쪽 종아리가 드러나고, 그 아래로는 딱딱해진 두꺼운 가죽 부츠 안에 터질 듯 꽉 끼여 찌그러진 발이 보였다. 게다가 머리에는 거즈 천을 두건처럼 둘둘 감아 그 위에 분홍색 리본들과 시든 꽃으로 장식을 달았는데, 그 꽃잎들이 그녀의 창백한 두 뺨과 이 빠진 턱 위로 떨어져 내리고 있었다.

에르네스토와 가로파가 사람들의 눈길을 끌어 보려고 온갖 재주를 부리며 애를 쓴 지 이미 한 시간 가까이 흘렀다. 마르그리트는 울음 섞인 쉰 목소리로 몇 번이나 자신들 앞을 지나가는 사람들에게 자비를 호소했다. 그때, 두 마리의 흰 말이 끄는 화려한 마차가 곡예사들 옆을 지나가면서 그들의 옷에 흙탕물을 튀겼다. 마르그리트의 외투와 분홍색 스타킹이 흙탕물로 뒤덮였다. 그녀는 바이올린 쪽으로 시선을 떨어뜨렸다. 눈물이 뚝뚝 떨어져 바이올린의 나무 표면을 따라 흘러내리다가 악기 구멍 속으로 흘러들었다. 눈물은 점점 더 많이 쏟아졌다. 얼굴을 외투 속에 파묻은 그녀는 불현듯 이상하고 가슴 아픈 몽상에 사로잡혔다. 자신이 마차들에 둘러싸여 흙탕물을 뒤집어쓰고, 야유와 멸시와 조롱을 받으며 조리돌림을 당하는 모습이 눈앞에 그려졌다. 자기 곁에서 굶주려 죽어가는 아이들과 미쳐버린 남편의 모습도 보았다. 그와 동시에, 과거의 모든 기억이 머릿속을 지나갔다. 그녀가 누워 있던 병원 침상이 보였고, 돌봐주던 수녀가 떠올랐다. 그리고 그 전날 그녀를 두들겨 패던 페르디요의 주먹질, 그녀가 나타났을 때 사람들이 그녀를 대하던 태도…… 그 모든 기억들이 차례차례 떠올랐다 사라지면서 마치 그림자처럼 그녀의 머릿속을 스쳐 지나갔다. 잠들지 않았는데도 그녀는 꿈을 꾸고 있었다. 가슴 위로 떨군 그녀의 두 눈에서는 뜨거운 눈물이 하염없이 쏟아져 내려 양손 위로 떨어졌다.

조금 전부터 그녀는 더 이상 연주를 하지 않았다. 그녀의 자식들은 여전히 묘기를 부리고 춤을 추고 있었다. 아이들이 그렇게 열심히 애를 쓰고 있는데도, 그 여자는 그저 바이올린을 들고만 있을 뿐, 단 하나의 음도 끌어내지 않았다.

곧 그녀가 소스라치며 깨어났다. 잿빛 눈을 갑자기 크게 뜬 그 넋 나간 얼굴이 너무도 기이해 보여서 사람들의 웃음을 자아냈다. 광장의 돌바닥 위에 펼쳐놓은 양탄자와 다름없어 보이는 그녀의 괴상한 옷차림, 구멍 난 외투에 분홍색 스타킹, 그녀의 빨간 머리카락과 머리에 꽂힌 시든 꽃들은 기이하고 우스꽝스러웠다. 누군가 던지는 말이 들려왔다. "정말 못생겼군!" 그리고 그들은 웃으며 지나가 버렸다. 매섭도록 추운 날이었다. 꽁꽁 언 마르그리트는 이제 손가락에 감각이 없었고, 손가락을 움직일 힘도 없었다. 그녀는 바이올린을 떨어뜨렸다. 바이올린이 부서졌다. 부서진 조각들이 양탄자 위로 튀어 오르며 귀에 거슬리는 날카로운 소리를 냈다.

그녀는 어깨를 움츠리고 두 팔로 자신의 몸을 끌어안은 채, 가슴을 헐떡이며 바이올린 조각들을 하염없이 바라보았다. 이대로 한 푼도 벌지 못하고 돌아가면 페드리요가 뭐라고 할까?

아! 그걸 생각하자 마르그리트는 견딜 수 없을 만큼 괴로웠다. 그 생각은 그녀의 심장을 조이고, 인정사정없이 찢어놓았다. 남편의 분노를 피하기 위한 수천 가지 말도 안 되는 변명거리들이 마치 악몽처럼 그녀의 머릿속에 떠올랐다가, 훨씬 더 기상천외한 묘안들에 밀려나면서 사라져갔다.

이대로 곧장 아이들을 데리고 달아나고 싶었다. 하지만 어디로? 그녀에게는 갈 곳이 없었다. 그럼에도 그녀는 어떻게든 달아나고 싶었다. 페드리요의 꿰뚫어 보는 잔인한 눈길을 피하고 싶었다. 그의 음울한 웃음소리로부터, "마르그리트, 우린 이제 뭘 먹고 살아?"라는 그 말로부터 달아나고 싶었다.

또 한편으로, 그녀는 하나님을 찾다가 이내 사탄을 불러대며 애원했다. 제발 죽게 해달라고…… 하지만 자식들을 생각하면 죽을 수도 없었다. 그녀가 없으면 이 아이들은 어떻게 될까?

마침내 그녀는 부서진 바이올린 조각들을 낡은 양탄자로 둘둘 말아 감싼 뒤, 그토록 심한 모욕을 당하고 그토록 많은 눈물을 흘렸던 그 광장을 떠났다.

아주 그럴듯한 생각이 그녀의 머릿속에 떠올랐다. 그녀는 보일 듯 말 듯 미소를 지었다. 자신의 외투나 양탄자를 팔면 페드리요에게 돈을 가져다줄 수 있고, 그의 바이올린도 수리할 수 있을 터였다. 하지만 이번에는 페드리요가 외투로 뭘 했냐고 물을 게 뻔했다.

그럴싸하게 들렸지만 안타깝게도 스스로 허점을 발견했으니 그 생각을 접을 수밖에 없었다. 그녀는 더욱더 슬프고 괴로웠다. 잠깐이나마 희망을 품게 해놓고 곧이어 현실을 들이대며 마음에 상처를 입히고 더 심한 괴로움을 주는 하늘이 원망스러웠다.

오후 두세 시쯤이었다. 겨울날 일요일이면 때때로 그렇듯, 아름답게 빛나는 햇살이 도심의 거리를 거니는 사람들과 도시 전체를 따뜻하게 데워주고 있었다. 마침 오후 미사가 다가오는 시간이라 거리에 많은 사람들이 분주히 움직였고, 몇몇 가게들도 문을 열어놓았다.

마르그리트는 어느 제과점 앞에 멈춰 섰다. 갓 구운 과자들이 제과점 주위로 따뜻하고 달착지근한 냄새를 퍼뜨렸고, 모락모락 피어오르는 향기로운 김이 지나가는 사람들의 코를 간질였다.

진열창 앞에 멈춰 선 마르그리트는 가게 안에서 에르네스토와 가로파 또래로 보이는 두 아이를 데리고 있는 어떤 여자를 보았다. 두 아이 모두 금발에 안색이 발그스름하고 건강해 보이는 얌전한 사내아이들이었다. 입고 있는 옷은 깔끔하고 비싸 보였고, 새틴 넥타이를 맨 셔츠는 그들이 주문한 케이크 위에 잔뜩 뿌려진 설탕처럼 새하앴다.

그걸 본 마르그리트는 마음이 찢어질 듯 아팠다.

초록색 외투에 금실을 꼬아 만든 허리띠를 매고 모자를 갖춰 쓴 부인 곁에는, 하녀 하나가 작고 검은 스패니얼을 품에 안고 서 있었다. 아이들은 실컷

먹고 남은 케이크를 개에게 주었다. 그리고 개를 계속 쓰다듬으면서 관심을 차지하려 애썼다.

굶주려 있던 마르그리트는 화가 치밀어 발을 동동 굴렀다. 자기 자식들은 그날 하루만 해도 벌써 몇 번이나 빵을 달라고, 단 한 입만이라도 좋으니 빵이 먹고 싶다고 칭얼댔는데! 그녀는 이마가 펄펄 끓어올라서 열을 식히려고 유리창에 이마를 갖다 댔다.

계산을 마친 부인이 아이들을 데리고 밖으로 나왔다. 그 여자가 지나갈 때 비단 드레스가 바스락 소리를 내며 마르그리트의 손을 살짝 스쳤다.

자신조차 이해하기 어려운 이상한 감정에 사로잡힌 채, 그녀는 오랫동안 얼굴을 창유리에 바짝 붙이고 있었다. 마침내 짜증이 난 제과점 주인이 욕을 퍼부으며 그녀를 쫓아냈다. 그녀가 무슨 말을 할 수 있었겠는가?

음침하고 꼬불꼬불한 어느 골목을 지나가다가, 그녀는 쇼윈도 너머로 침대 위에 드러누워 음란한 노래를 부르고 있는 젊은 여자를 보았다. 그때 또다시 페르디요가 떠올랐고, 어떤 일이 자기를 기다리고 있는지 생각났다. 그녀는 오랫동안 그 여자를 바라보면서 노래들을 듣고 있었다.

"아, 아니야! 말도 안 돼! 나 같은 걸 누가 원하겠어?"

IV

테이블 위에서 금화들이 오가고 있었다. 그곳은 도박장이었다. 하지만 고급재무관리자들과 은행가들이 평소처럼 넥타이를 단정히 맨 채 자신들이 그 불명예스러운 거래에 능숙하다는 듯 무표정한 얼굴로 드나드는 팔레 루아얄*의 도박장처럼 합법적으로 운영되는 곳이 아니었다. 온갖 추잡한 매춘

---

* 한때는 왕궁이었으나 혁명 전에는 혁명가들의 아지트이자 민중의 정치 토론의 중심지로 활용되었고, 혁명 후에는 도박과 유흥의 중심지가 되었다.

이 일어나는 도박장, 때때로 다음 날이면 깨진 유리잔과 피로 물든 누더기 사이에서 절단된 신체 일부가 발견되기도 하는 그런 빈민가의 비밀 도박장이었다.

도박장 안은 천장이 낮고 벽들은 연기로 그을려 있었다. 테이블마다 남루한 옷차림의 남자들이 둘러앉아 있었고, 그 주변으로는 또 다른 남자들이 모여들어 탐욕스러운 얼굴로 도박판을 지켜보고 있었다. 그들의 눈은 짙은 눈썹 아래 이글이글 타오르고 있었고, 하나같이 잔뜩 흥분해서 이를 악물고 주먹을 단단히 움켜쥐고 있었다. 이마에 깊게 팬 주름들이 얼굴에 그늘을 드리우고 있었음에도 불구하고, 당신은 아마도 그들의 얼굴에서 불안과 함께 쌓여가는 수많은 범죄들을 읽을 수 있었을 것이다.

반쯤 벗은 몇몇 여자들이 그들 주위를 태연하게 돌아다녔다. 좀 더 멀리, 한쪽 구석에는 무장한 두 남자가 돌바닥 위에 밧줄에 묶인 채 누워 있는 한 소녀를 차지하기 위해 그 앞에 서서 제비뽑기를 하던 참이었다. 친애하는 여성 독자여, 당신은 아마도 이 사회의 가려진 단면 중 하나인 이곳의 광경에 경악하며 몸서리를 칠지도 모른다. 또 다른 한 곳은 병원인데, 그곳은 죽음의 단두대나 다름없다.

아! 아직 어린 여성 독자여, 문제는 당신이 잘못된 교육 탓에 판단과 이해가 왜곡되고 현실을 제대로 모른다는 것이다. 당신은 비참함의 밑바닥까지 내려가 본 적이 없고, 그 광란을 본 적도, 분노에 찬 울부짖음을 들은 적도, 그 깊은 상처를 헤아려본 적도, 그 쓰라린 고통과 절망, 그리고 그 죄악들을 이해하려 해본 적도 없다! 아, 가엾은 소녀여, 문제는, 세상에는 당신이 존재조차 모르는 곳들이 있다는 사실이다. 문제는, 사람들이 당신에게 어떤 한 단어를 숨겼다는 것이다. 우리 사회 전체를 가리키는 그 단어, 바로 매춘이라는 단어를……

이윽고, 긴장감이 감도는 정적이 신경을 긁는 갈퀴 소리에 깨졌다. 바로 그 순간, 무시무시한 욕지거리와 끔찍한 악담들이 터져 나왔고, 그 자리에서 원한에 맺힌 복수가 실행되었다. 어스레한 불빛이 한 남자의 가슴을 향해 날아드는 칼날 위에서 번뜩였다. 그때, 주인이 싸우는 사내들 한가운데로 어떤 여자를 내던지면서 그들을 떼어놓았다.

세차게 뒤흔들렸던 문이 갑자기 삐걱하며 움직였다. 문이 열리고, 한 남자가 들어왔다.

곡예사 차림을 한 남자는 키가 훤칠했다. 아무렇게나 흐트러진 풍성한 검은 머리칼이 눈을 가려 표정을 읽을 수는 없었지만, 바로 그 순간 그의 표정은 틀림없이 섬뜩했을 것이다. 그의 오른손은 굳게 쥐어져 있었다.

"자, 여기," 그가 한 테이블 위에 돈을 내던지며 말했다. "자, 여기 걸겠소!" 그리고는 멈춰 서서 발작적으로 웃음을 내질렀다. "여기, 십 프랑이오!"

오! 불쌍히 여기시길, 저 도박꾼, 저 떠돌이 광대를. 타락한 인생을 사는 저 남자, 자식을 사랑하지 않고, 아내를 때리는 저 사내를! 그를 가엾게 여기시길, 그는 추악한 인간, 떠돌이 광대, 방탕한 인생을 사는 남자, 아내를 때리고 자식을 사랑하지 않는 인간이니까.

가난이 그를 떠돌이 광대로 만들었다. 그리고 마침내 굶주림이 날을 세우게 해 그를 도박장으로 떠밀어 넣었다. 그는 제대로 배우지 못해 밑바닥 인생을 사는 인간이 되었고, 그의 아내는 못생긴 것도 모자라 빨강 머리에 이마저 빠지고 없다. 오! 빨강 머리 여자! 게다가 그의 자식들은 시도 때도 없이 "배고파!"라고 칭얼대고, 그는 그들에게 줄 것이 아무것도 없기 때문에 가슴이 아프고 그 소리가 듣기 싫다.

그를 측은하게 여기시길! 그의 아내는 방금 돌아왔다. 그녀는 그의 바이올린을 망가뜨렸고, 빵도 구해오지 못했다. 오후 여섯 시였고, 날은 추웠으며, 모두가 배고팠다. 당신은 그가 자기 자식들, 그 불쌍한 아이들을 그냥 굶어 죽게 내버려두길 원하는가? 제단 앞에서처럼 두 손을 꼭 모은 채 그의 앞에 무릎을 꿇고, 눈물을 흘리면서도 미소를 지으며

"빵 좀 주세요!"라고 애걸하는 그 아이들을.

한낱 곡예사 앞에 무릎을 꿇고 두 손을 모은 채! 당신도 아시다시피 궁핍은 사람을 비굴하게 만든다.

절망 속에서 그는 아내를 때리고, 아이들에게 저주를 퍼붓고, 사탄을 들먹이며 권총을 장전했다. 하지만 이내 자신도 모르게 총을 떨어뜨렸다. 머리가 뜨겁게 달아오르면서 주위의 모든 것이 빙글빙글 돌았다. 결국 그는 총을 팔아버렸다. 이제 그는 어느 도박장 안에 있었다. 그는 도박판 위에서 굴러가는 자신의 동전 두 닢을 애절한 심정으로 바라보고 있었다. 그의 삶, 자식들의 삶, 아내의 삶은 바로 그 동전 두 닢에 달려 있었다.

그러니 지금 만약 돈을 잃는다면, 그는 도둑이 될 것이다. 아니, 어쩌면 살인자가 될지도 모른다. 그는 단두대로 끌려갈 테고, 지나가는 어머니들이 자기 아이들에게 마치 그가 괴물인 것처럼, 단 한 번의 눈길만으로도 사람을 해칠 수 있는 흉포한 존재인 양 그를 가리켜 보일 것이다. 그의 머리는 축축한 널빤지 위로 굴러떨어질 것이고, 그러면 지나가는 사람들은 잘려나간 그의 머리에 저주를 퍼부을 것이다! 어이! 여기 극악무도한 죄인이 있어! 하지만 그는 굶주린 사람이었을 뿐이다!

그의 아내? 만약 그녀가 고통으로 죽지 않는다면 가난으로 죽을 것이다. 그게 아니면 비천한 매춘부가 될 것이다. 그리고 세상 사람들이 그녀의 얼굴에 침을 뱉으며 외칠 것이다. "이 여잔 살인자의 마누라야, 이 여잔 매춘부야, 게다가 지독하게 못생겼어."

그의 아이들에 관해서 말하자면, 어쩌면 병원의 자선 단체가 그들을 거둬들일지도 모른다. 아이들은 종교적 경외심을 지닌 사람들의 손에서 자라며 사회로부터 격리될 것이다. 그 사람들은 아이들이 추워하면 옷을 주고, 배가 고프다면 빵 한 조각을 줄 것이다. 하지만 그 아이들의 눈물은? 오! 눈물은 오랫동안 그들의 뺨 위로 흘러내려 그들의 뺨을 움푹 패게 할 것이다. 부잣집 아이들은 지나가다 때때로 조롱 섞인 웃음을 지으며 반짝이는 동전 몇 닢을 던져줄 것이다. 그렇게 자라서 어른이 된 그들은 저주받은 자의 자식이라는 이유로 그들을 저주했던 그 사회를 증오하며 범죄를 계획할 것이다!

페드리요의 내면에서 그런 온갖 생각들이 빙빙 돌고, 튀어 올랐다가 소용돌이치며 어지럽게 춤을 추었다. 그 모든 생각들은 그의 상상 속에서 현실이 되었다. 그것들은 그가 지어낸 망상이 아니었다. 그는 그것들을 직접 보고 느끼고 있었다.

하지만 그는 이해하지 못했다. 가령, 그의 가족이 왜 불행한지 이유를 알 수 없었다. 그랬다, 그는 도무지 이해할 수 없었다. 그는 따지기라도 하려는 듯 우뚝 서서 하늘을 노려보았다. 만약 할 수만 있었더라면, 그는 신의 창조물을 파괴하고, 신이라는 존재를 완전히 없애버렸을 것이다.

그의 숨결이 거칠어졌다. 때때로 한숨을 내쉬기도 했다. 그는 자신이 혹시 이대로 미쳐버리는 게 아닐까 생각했다. 이제 돈이 이십 프랑으로 늘어나 있었다. 그는 기쁨에 차서 그 돈을 꽉 움켜쥐고 입을 맞추고는, 의기양양하게 도박판에 던졌다.

도박장 안에서 탄성이 터져 나온다. 갈퀴로 쓸어 담고 있는 저 금화들, 테이블 위에 가득한 저 돈들은 다 누구를 위한 것일까? 그건 바로 페드리요의 것이다! 만 프랑을 가진 부자!

그는 웃고, 울고, 펄쩍펄쩍 뛴다.

그는 다시 한번 돈을 던진다, 어리석은 인간! 그는 지금 행복하다. 만 프랑! 그는 도덕적이고 성실한 남자다. 그는 자기가 입을 옷을 한 벌 사고, 아내에게는 드레스를, 아이들에게는 장난감을 사줄 수도 있다. 만 프랑! 그는 주머니 가득 금화를 가지고 있으면서도 다른 부자들처럼 가난한 사람들을 경멸하지 않을 것이다. 그는 도덕적이고 고결한 사람이니까! 만 프랑! 아! 아! 그의 얼굴이 일그러진다. 그의 웃음소리가 잦아들고, 눈빛이 점점 꺼져 들어가고, 머리도 조금씩 수그러진다. 아! 아! 이제 사백 프랑밖에 남지 않았다…… 그는 가슴에 손을 얹는다…… 아직 오십 프랑이 남아 있다…… 그는 고통스러운 비명을 나직하게 내지른다…… 이제 오 프랑밖에 남지 않았다…… 이제…… 이제…… 빈털터리다!

하지만 그는 거듭된 불운에 전혀 짓눌리지 않는 것 같았다. 옆 사람이 그 이유를 물었을 때, 그는 십 프랑을 던질 때와 똑같은 웃음을 지으며 똑같은 어투로 말했다.

"자, 여기, 자, 이걸 보시오!"

그리고 그는 가슴을 드러냈다. 그의 가슴은 온통 피투성이였고, 손톱 끝에는 사람의 살점이 달라붙어 있었다.

V

 밤이었다. 하지만 별 하나 없는 캄캄한 밤, 사람을 두려움에 떨게 만들고, 묘지의 하얀 벽 위에서 춤을 추는 유령들과 환영들이 보이는 그런 밤이었다. 바람이 공포로 전율케 하고 머리칼을 곤두서게 하는 그런 밤, 병원 주위를 어슬렁거리는 떠돌이 개의 구슬픈 울음소리가 멀리서 들려오는 그런 밤.

 페드리요는 도박장에서 나왔다. 서늘한 밤공기가 그의 이마를 식혀주면서 자신이 처한 상황을 실감케 해주었다. 하지만 조금씩 상상이 현실을 지배하기 시작했다. 그는 걸으면서 꿈을 꾸었다. 눈에 보이는 모든 것이 엄청나게 거대한 형체를 이루고 있었다. 전날 밤보다 더 거세고 격렬하게 휘몰아치는 바람에 흔들리는 나무들이 그의 눈에는 흉측한 거인들 같고, 집들은 모두 도박장처럼 보였다. 무도회장 근처를 지나갈 때 들려오는 오케스트라의 연주 소리는 그에게 지옥의 음악이었다. 한 여자가 커튼 옆에서 빙글빙글 맴을 돌고 있었다. 그녀는 창녀였다. 쟁반 위에서 부딪히는 유리잔 소리들, 그건 방탕한 향연이었다. 이윽고 눈이 쏟아졌다. 그는 입고 있는 옷을 내려다보았다. 마치 수의처럼 보였다. 그렇게 그는 환영에 포위된 채로 거리를 이리저리 헤매며 돌아다녔다. 때때로 걸음을 멈추고 돌기둥* 위에 앉아 한 줄기 달빛과 별들 위로 흘러가는 구름을 바라보았다. 구름은 온갖 터무니없고 기이한 형태들을 만들어냈다. 잔뜩 인상을 쓰고 있는 괴물

---

* 19세기 파리에는 길 모서리나 보도 가장자리에 둥글거나 네모난 돌기둥이 있어 사람들이 앉아 쉬곤 했다.

들이었다가, 한 무더기의 금화가 되었다가, 자식들을 데리고 있는 여인이었다가, 우리 안에서 으르렁거리는 사자가 되었다가, 시체공시소*가 되었다가, 시체공시소 안의 서늘하고 축축한 돌바닥 위에 누워 있는 시신이 되기도 했다.

또, 그 괴물들의 휘파람 소리, 테이블들 위에서 금화가 쩔렁거리는 소리도 들렸다. 그는 그 여인과 아이들의 눈물을 보았고, 사자의 포효를 들었고, 이미 칙칙한 녹색 빛을 띠고 있는 시신이 썩어가는 냄새를 맡았다. 그는 오랫동안 그 시신을 바라보았다. 이윽고 그 구름은 다른 형태로 변했다. 그는 두려움에 사로잡혀 달리기 시작했다. 감히 뒤를 돌아보지도 못했다. 천막에 다다랐을 때, 숨이 턱까지 차서 헐떡였고, 얼굴은 심하게 일그러져 있었다.

마르그리트가 문 앞에서 그를 기다리고 있었다.

---

* 법의학적 부검이나 신원 확인을 위해 시신이 옮겨지는 곳으로, 19세기 파리의 시체공시소는 시민들이 창유리 너머로 자유롭게 시신을 볼 수 있는 공공 전시 공간이기도 했다.

그녀는 그에게 아무것도 묻지 않았다. 충분히 이해했으므로. 그녀도 불운에 영혼을 얻어맞은 적이 한두 번이 아니었으니까. 그녀는 그의 얼굴에 흐르는 땀을 이해했고, 그의 눈이 분노에 잠식되어 있는 이유를 알았다. 그녀는 그 창백한 이마를 보고 그가 어떤 생각을 하고 있는지 짐작했고, 그가 무엇 때문에 이를 달그락거리며 떨고 있는지 그 의미도 알았다.

두 사람 모두 아무런 말 없이, 자신들의 고통도 절망도 서로에게 전하지 않고 그저 그렇게 서 있었다. 하지만 그들의 눈은 가슴 저미는 슬픈 생각들을 서로 주고받았다.

그다음 날 아이들이 깨어났을 때, 페드리요는 그들에게 짐을 싸라고 명령하고, 그 자신도 천막을 걷어 마차에 실었다. 오전 아홉 시, 비실비실한 말들이 끄는 작은 짐마차가 포장도로 위를 천천히 굴러갔다. 전날부터 쉬지 않고 내리는 비가 마차의 나무 벽을 두들겨댔다. 천막과 무대의상 더미 사이에 끼어 앉은 곡예사들은 규칙적인 빗소리와 어우러지는 바람 소리, 그리고 덮개 달린 마차 안의 규칙적인 흔들림 속에서 점차 잠에 빠져들었다.

이미 모두가 눈을 감고 마차의 흔들림에 몸을 맡기고 있을 때, 마차를 끌던 에르네스토는 서커스 동물들을 실은 두 개의 짐칸이 연결된 마차와 마주쳤다.

우리의 주인공들을 실은 마차 곁을 지나가던 동물 쇼 진행자는 뿌옇게 김이 서린 창 너머로 페드리요의 얼굴을 알아보았다. 페드리요와 그는 오래전부터 아는 사이였다.

그는 채찍으로 마차 창을 찰싹 두드려 그 무리를 깨웠다. 그가 자신의 동료에게 건넨 첫마디는 f와 b*로 시작되는 욕설들이었다. 그렇게 운을 떼고 난 뒤, 그는 이렇게 떠들어대기 시작했다.

---

* foutre, foutu, fils de pute······ bordel, batard, bouffon······ 등의 프랑스 욕설들이 있다. 대체로 제기랄, 빌어먹을, 또는 영어의 fuck, sun of bitch 등에 해당하는 욕설들이다.

"오늘은 오줌보 상태가 많이 안 좋으신 것 같군! 거룩하신 우리 주님께서 온종일 오줌을 갈겨대시잖아!"

페드리요는 멍이 들어 푸르스름해진 얼굴을 들고 놀란 눈으로 그 남자를 바라보았다.

"어, 이게 누구야?" 그가 화들짝 놀라 마차 창문을 열며 말했다.

"맙소사! 날 못 알아보는 척하는 거야? 그 꼴같잖은 자존심 하곤! 그런데 주머니 사정은 영 형편없는 모양이군. 묘기 부릴 강아지 한 마리 보이지 않는 걸 보니."

그렇게 말하면서 그 사내는 동물 우리와 그 옆에 앉아 있는 젊은 여자를 손가락으로 가리켰다.

그들이 만난 이후 첫 번째 마을이 나왔을 때, 각자 자신들의 마차를 한 농장의 헛간 안에 들여놨다. 그리고는 그 떠돌이 광대들은 즉시 마차에서 내려와 서로 볼에 키스를 나누고 포옹했다.

페드리요가 이장바르의 여동생인 이자벨라의

볼에 입술을 대며 인사하기란 전혀 어렵지 않았다. 하지만 이장바르의 경우는 사정이 아주 달랐다.

"이분은 이름이 뭔가?" 이장바르가 친구에게 물었다.

"마르그리트*."

"참 싱싱한 데이지 꽃이군."

이장바르는 마르그리트의 불그죽죽한 이마에 입술 끝을 살짝 스쳤다.

"아, 그래!" 그가 말을 이었다. "이렇게 다시 만난 것도 인연인데. 우리 같이 여행하면서 공연을 함께 해보면 어떻겠나?"

"하지만…… 흠……! 음……! 자네가 원한다면야."

이렇게 좋은 기회를 놓칠 수는 없었다. 페드리요는 이게 절호의 기회라는 것을 분명히 알았다. 그는 친구의 손바닥을 힘차게 치면서 말했다.

---

* 프랑스어 마르그리트는 영어로는 데이지다.

"좋아, 그렇게 하지! 자넨 정말 좋은 친구야!"

이장바르는 인상을 찌푸렸다. 이제 와서 없던 일로 하자고 말을 바꿀 수도 없었다. 그는 생각했다, '내가 동물들의 묘기를 보여주는 동안 페드리요 가족이 줄타기 곡예를 하면 되겠지. 그러면 모두가 이득을 볼 거야. 그 후에 원한다면 이자벨라다를 데려가라고 하지 뭐. 아무렴 어때. 난 상관없으니까.'

그들은 비가 그치기를 기다렸다가 거기서 가장 가까운 마을로 가기 위해 각각 자신들의 마차에 올라탔다. 그 마을에서 함께 공연을 하기로 했다. 그 이야기를 나눌 때, 이장바르는 모자를 벗고 덧붙였다. "공연에 와줄 그 마을의 친절한 사람들을 위하여!"

VI

 당신은 이장바르를 수도 없이 보았을 것이다. 그는 발그레하게 혈색이 도는 얼굴에 코는 빨갛고 눈동자는 잿빛을 띤, 키가 작고 다부진 사내다. 그 모든 곡예단에서 당신이 어린아이일 때는 웃음을 주었고 더 큰 어른이 되었을 때는 연민을 느끼게 했던 사람, 바로 그 사람이 이장바르다.

 빨간 스타킹에 짧은 바지를 입고, 커다란 은색 버클이 달린 구두를 신고, 스페인 귀족풍의 챙이 넓은 잿빛 모자에 수탉 깃털을 꽂은 바로 그 사람, 줄타기 곡예를 위해 줄을 치고 있을 때면 언제나 얼굴 한가운데에 분필을 얻어맞는 사람, 바닥에 넘어지고 따귀를 맞는 사람이 바로 그다. 등불을 켜느라 올라간 사다리 꼭대기에서 미끄러져 떨어지는 사람도, 그러고 나서 진지한 표정을 짓고 서커스 단장 흉내를 내면서 모자를 팔에 끼고 앞으로 걸어 나가 공연 순서를 알리는 이 역시 그다.

마르그리트, 당신은 그녀도 알고 있다. 공연이 끝나고 관객들이 천막에서 나갈 때 관람료로 지불하는 동전 세 닢을 받는 것이 바로 그녀. 그녀는 종아리에 착 달라붙은 흰 스타킹과 나막신을 신었고, 머리에는 화려한 무늬가 그려진 천을 베레모처럼 둘러쓰고 있다.

당신은 페드리요 역시 본 적이 있을 것이다. 한 걸음에 줄 위로 사뿐히 뛰어 올라가, 균형봉 없이도 펄쩍펄쩍 뛰고 성큼성큼 건너뛰기도 하는 게 바로 이 사람, 큰 키에 비쩍 마르고, 얼굴에 천연두 자국이 남아 있는 이 사내다.

지난 이 년 동안 우리의 두 곡예단은 서로 좋은 관계를 유지해 왔고, 페드리요 가족은 이 동업을 후회하지 않았다. 모두가 자신들이 하루 동안 번 돈으로 저녁을 먹으면서 행복하고 평온하게, 근심 걱정 없이 살았다. 하지만 오직 한 사람, 마르그리트는 불행했다.

그녀의 남편은 이제 그녀를 때리지 않았고, 그녀의 아이들도 배를 곯지 않았다. 그럼에도 불구하고 그녀는 불행했다.

아! 문제는 젊고 아름다운 이자벨라다였다. 그녀는 스무 살이었다. 그녀는 이가 하얗고, 눈은 초롱초롱하고, 머리칼은 흑단처럼 까맣고, 허리는 잘록하고, 발은 앙증맞았다. 반면에 마르그리트는 못생긴 데다 나이는 마흔 살이었고, 잿빛 눈에 빨강머리, 절구통처럼 두루뭉술한 허리에 발은 넙데데했다. 둘 중 하나는 아내였고, 다른 하나는 연인이었다. 하나는 늘 잔소리를 퍼부어 대는 여자였고, 다른 하나는 뜨겁고 열정적인 잠자리를 제공해 주는 여자였다. 이자벨라다는 엄마가 되었다. 그녀는 그녀만큼이나 아름다운 아이를 낳았다. 그 아이는 페르디요의 두 번째 사랑이었다.

이장바르는 그 모든 상황을 남의 일처럼 무심하게 바라보면서, 거기에 대해 부적절한 농담을 던지는 데 그쳤다. '천막 안에 바다가 둘이나 있으니* 이제 더 이상 수프 만들 물을 길러 갈 필요가 없겠어.' 그는 마주치는 사람마다 그 농담을 되풀이하고는 이렇게 덧붙이곤 했다. "어때, 나 끝내주게 웃기지?" 그리고 그는 반 시간 동안이나 웃어댔다.

마르그리트에게 더욱더 굴욕감을 느끼게 했던 것은 매일 매 순간 이자벨라다와 비교당하면서 그걸 참고 견뎌야만 하는 처지였다. 경멸과 무시는 그녀가 하는 행동이나 말 하나하나, 그녀의 존재 자체를 따라다녔다. 하지만 무엇보다 그녀에게 가장 큰 상처를 준 것은, 매일 밤 행복한 두 연인이 입 맞

---

* 바다를 뜻하는 mer와 엄마를 뜻하는 mère의 발음이 똑같은 것을 이용한 농담.

추는 소리를 듣고, 두 남녀가 두려움도 부끄러움도 없이 사랑에 겨워 서로를 끌어안는 모습을 보는 일이었다. 그리고 페드리요의 아이! 그녀는 음울하고 독기 가득한 질투심으로 그 아이를 증오했다.

어느 여름날, 꽤나 한적한 거리의 교차로에서 아이들을 제외한 단원 모두가 춤을 추고 있었다. 마르그리트와 이자벨라도 춤을 추고 있었다. 가련한 마르그리트!

페드리요는 작은 종과 방울들이 매달린 악기를 모자처럼 머리에 쓰고, 무릎 사이에는 팀파니를 끼고, 입으로는 팬 플루트를 불고, 큰북을 두들기면서 혼자서 오케스트라를 연주하고 있었다. 하얀 드레스를 입고 목에는 분홍색 스카프를 두른 이자벨라다가 낡은 페르시아 양탄자 위에서 폴짝폴짝 뛰고 빙글빙글 돌면서 춤을 추고 있었다.

그녀의 눈빛은 생기가 넘치고 보석처럼 반짝였다. 가늘고 호리호리한 허리는 백조의 목처럼 구부러졌다 펴졌다 했다. 그런데 이런! 그녀가 입고 있는 것은 드레스가 아니었다. 그것은 아랫단에 꽃을 수놓은 하늘거리는 흰 속치마였다. 허벅지를 살짝 가린 그 짧은 속치마 아래로 분홍색 스타킹을 신은 다리가 관능적으로 드러났다. 그녀가 추고 있는 춤은 왈츠였다. 마치 시인의 마음속에서 사뿐사뿐 뛰어오르는 사랑에 대한 시상들처럼 빙글빙글 도는 그녀의 왈츠, 그녀의 춤이었다. 그리고 뽀얀 목 언저리, 새하얀 대리석처럼 하얗고, 너무도 순수하고 싱그럽고 달콤한 그녀의 가슴골! 그녀의 얼굴, 눈, 그리고 미소! 아! 젊고 아름다운 여인의 목과 가슴골, 춤의 움직임에 따라 하늘거리는 모슬린 천 너머로 한 송이 장미 같은 향기를 퍼뜨리는 바로 그것! 잠 못 이루는 밤에, 눈물을 흘리며 자신을 낳아준 운명을 원망하는 그런 밤에, 당신은 사랑의 꿈속에서 뜨겁게 불타는 머리를 바로 그 가슴에 기대지 않았던가? 바로 그 언저리에서 당신은 사랑에 몸을 움찔했고, 당신 영혼의 섬유 한올 한올이 마치 젊은 여자의 손가락이 닿은 리라처럼 떨리고, 운동선수의 근육처럼 관능으로 팽팽하게 긴장하지 않았던가?

 당신은 바로 그 가슴골 사이에 얼굴을 묻고 그토록 뜨겁게 입맞춤을 퍼붓지 않았던가? 지극히 부드러운 그 눈길 속에서 삶을 만끽하지 않았던가? 당신은 그녀의 미소 속에서 살아 있음을 느끼지 않았던가? 그리고 그녀의 앙증맞은 발과 아주 미끈한 다리가 당신의 침대 위에서 당신의 것과 서로 얽히고설키지 않았던가?

 그리고 그 얼굴, 그녀의 목 위, 그 여성스러운 허리 위, 그리고 우아하고 고귀하며 신성한 모든 아름다움 위의 그 얼굴! 그녀의 눈빛, 눈동자의 움직임, 허공에서 빙글빙글 도는 그녀의 속치마가 하늘거리는 소리, 구멍 난 양탄자 위에서 우아하고 날렵하게 회전하는 그녀의 발, 거기에는 설명할 수 없고 믿을 수도 없는 뭔가, 꿈꾸는 듯하고 순수한 무엇인가가 있었다. 그렇게 뛰어오르고, 빙글빙글 돌며 춤을 추는 그녀는 단순히 한 여자가 아니었다. 아니! 그건 여인이 아니라 사랑의 관념이었다! 그 날카롭고 기이한 음악 한가운데에서, 이장바르와 마르그리트 사이에서 춤을 추고 있는 그녀는 진흙 더미 속에서 반짝이는 다이아몬드였다.

이장바르는 여전히 시시하고 재미없는 광대 노릇을 하고 있었다. 몸에 꽉 끼는 재킷을 입은 그는 다리에는 파란색과 하얀색이 섞인 스타킹을 신고, 머리에는 반은 빨갛고 반은 까만 가발을 쓰고 있었다. 그런 기이한 옷차림을 하고서 자기 딴에는 재미있다고 생각되는 시시껄렁한 이야기들을 쉬지 않고 지껄여댔다.

그렇다면 마르그리트, 그녀는 뭘 하고 있었을까? 그녀는 괴로워하면서 말없이 울고 있었다. 그랬다, 하지만 고통받고 괴로워하는 것, 우는 것이 당신에게는 별것 아닐지도 모르겠다.

이해한다.

자, 그런데, 넋을 잃고 실피드*를 바라보고 있던

---

* 서양 전설과 문학에 나오는, 공기 또는 바람의 정령. 특히 발레 작품 〈라 실피드La Sylphide〉에서 가볍게 날아다니는 신비로운 요정.

관객들이 저마다 몇 발자국 떨어진 곳에 있는 또 다른 여인에게 눈길을 던졌다.

그 여인은 뭘 하고 있었을까? 곡예를 하고 있었다.

그랬다, 말할 수 없이 아름답고 싱그러운 그 젊은 여자 옆에는 마치 균형을 잡아주는 역할이라도 하는 듯, 통통한 볼과 보기 흉한 발, 거기다 빨강 머리에 얼굴마저 불그죽죽한 여자가 있었다. 엉덩이를 지나치게 흔들어대며 걷는 그 여자도 같은 음악에 맞춰 앞으로 나아갔고, 그녀의 발도 이자벨라다의 발과 같은 양탄자를 밟고 있었다. 그랬다, 아주 가볍게 뛰어오르는 이자벨라다, 보석처럼 빛나는 눈동자로 당신을 압도하는 그 여자, 그녀의 속치마가 지나가면서 당신의 허벅지를 스칠 때 사랑의 전율로 오랫동안 당신의 온몸을 떨리게 했던 바로 그 여자, 그 여자도 마르그리트처럼 곡예사였다. 반면에 몸을 완전히 뒤로 젖혀 머리가 발 높이에 닿도록 활처럼 휜 자세를 취한 채 걷고 있는 마르그리트는 그야말로 고깃덩어리처럼 보였다. 머리는 파란색 롱드레스 아래로 사라져 보이지 않고, 위로 둥글게 휘어진 배와 혐오스럽게 거꾸로 축 늘어진 가슴만 보였다.

그리고 기괴하기 짝이 없는 그녀의 그 모든 모습에는 어딘가 젠체하는 듯한 동시에 알랑거리는 듯한 분위기가 드리워 있었다. 이가 거의 다 빠져버린 입은 미소를 지으려 했지만 오히려 찡그린 표정이 되어버렸다. 그녀의 시선은 지루하고 부담스러웠지만, "여러분, 잘 보세요, 이게 얼마나 어려운 묘기인지!"라고 귀에 거슬리는 날카로운 목소리로 빠르게 쏘아붙이듯 말할 때면 더할 수 없이 불쾌해서 오만 정이 다 달아날 정도였다.

음악은 계속되었다. 이자벨라다는 춤을 추며 사뿐사뿐 뛰어오르고, 빙글빙글 돌았다. 마치 시인의 마음속에 떠오르는 사랑의 단상들처럼. 양탄자 위에 놓여 있던 접시 안에서 때때로 땡그랑 소리가 났다.

"벌이가 제법 쏠쏠한데?" 이장바르가 가발을 벗으며 말했다.

VII

 당신은 아마도 극장가에서 가면무도회 복장을 하고 한데 어우러져 걷고 있는 네 사람이 누구인지 모를 것이다.

 황소 가면을 쓴 삐에로가 있다. 키는 작지만 다부진 체격의 그는 기분이 좋아 보인다. 그의 표현에 따르면, 그는 '진탕 한번 놀아보겠다'고 다짐한다. 그의 왼쪽에는 검은 도미노*를 입은 사람이 있

---

* 두건이 달린 긴 망토와 얼굴 윗부분만 가리는 반가면을 가리키는 말. 17~19세기 유럽 가면무도회에서 자주 쓰였다.

다. 두건을 뒤집어쓰고 고개를 숙인 채 절뚝거리며 걷고 있는데, 아마도 여자인 듯하다. 그다음으로, 제법 잘생긴 사탄이 있다. 그는 짧은 속치마를 입은 스위스 여자에게 나직이 뭔가를 속삭이고 있다. 그 여자는 가면을 쓰지 않고 예쁜 얼굴을 보란 듯이 드러내놓고 있다.

가면무도회란 참으로 기이한 것이다! 오해하지 마시길! 나는 지금 일월에 시작되어 마르디 그라** 에 끝나는 오페라 극장의 가면무도회를 말하는 게 아니다. 오페라의 가면무도회는 지루하기 짝이 없다. 나는 한 번도 그런 무도회에 참석해 본 적이 없다. 왜냐하면 거기서도 역시, 가면 아래 은행가의 금테 안경을, 원숭이의 손에서 어느 멋쟁이 신사의 향수 뿌린 장갑을 볼 수 있기 때문이다. 아니, 내가 말하는 건 일반 대중들의 무도회다. 평민들은 소매

** 예수의 고난을 기리는 40일간의 금식 기간(재의 수요일부터 부활절까지) 직전까지 마음껏 먹고 즐기자는 의도로 생긴 축제. 기름지고 호화로운 음식, 축제, 화려한 가장 행렬, 가면무도회 등이 벌어진다.

를 걸어붙이고 혼자 그곳에 간다. 거기서는 단돈 이십 수*만으로도 밤새도록 웃고 떠들며 행복을 만끽할 수 있다. 그 무도회는 그 어떤 무도회들보다 훨씬 더 호기심을 불러일으키며 흥미진진하다. 거기서 심각하게 화를 내는 건 어울리지 않는 행동이다. 그리고 주최 측은 계절에 상관없이, 일요일에 눈보라가 치거나 폭우가 쏟아지거나 빵값이 터무니없이 오르지 않는 한 무도회를 연다.

가련한 소녀여, 바로 그런 무도회에서는 과감하고 외설스러운 춤들이 난무해서 당신은 얼굴을 붉힐 것이다. 그리고 만약 그곳에 간다면, 그다음 날 당신은 어쩌면 더 이상 처녀가 아니게 될 수도 있다. 그리고 거기서 사람들은 그걸 적극적으로 즐기고 행복해한다. 조금도 부끄러워하지 않고 거침없이 행동하는 남자들, 정조와 명예를 내놓은 여자들. 그러나 도덕적이지 않아도 행복할 수 있다.

---

* 프랑스의 옛날 화폐 단위로, 작은 푼돈을 의미한다.

참으로 이상하지 않은가? 도덕적이지 않아도 행복할 수 있다니, 당신은 상상조차 못 하지 않았는가? 하지만 실제로 그렇다. 그러니, 도덕성이니 미덕이니, 그런 것들이 다 무슨 소용일까?

당신은 이 가면들을 알아보았다. 그건 우리의 떠돌이 광대, 우리의 곡예사들이다.

이전에 그들은 끼니조차 해결하지 못했다. 그런데 지금 그들은 극장으로 달려간다. 이제 그들에겐 돈, 그렇다, 돈이 있기 때문이다. 그 돈은 어디서 나오는 걸까? 이자벨라다에게서. 그 돈이 동물들이나 이장바르의 우스꽝스러운 표정, 마르그리트의 곡예에서 나왔을 거라고, 그들의 주머니가 두둑해진 데 다른 이유가 있으리라고는 생각조차 하지 마시라. 그 돈은 지금 한창 달아오른 무도회에서 헝가리 왈츠를 추고 있는 저 아름다운 아이, 박수갈채에 휩싸여 넋이 빠진 채, 무도회장 안에서 즐거움에 겨워 발을 동동 구르는 사람들의 왁자지껄한 소리와 그들이 던져주는 꽃들에 취한 채, 정신없이 춤을 추고 있는 저 소녀에게서 나온다.

  단 하나의 가면만이 긴 의자에 앉아 생각에 잠겨 있다. 그 가면은 슬프다. 그리고 무도회장 안의 떠들썩한 박수갈채와 환호성에 그 가면은 눈물을 흘린다. 이자벨라다의 우아함은 그에게 무거운 짐이다. 여기서도 다른 곳에서와 마찬가지로 그는 쓰디쓴 질투심과 분노로 끓어오르는 증오심과 고통을, 피가 흘러내리는, 돌이킬 수 없는 상처들을 자신의 가면 아래 그대로 간직하고 있기 때문이다. 그는 검은 도미노 가면이다.

  이장바르로 말할 것 같으면, 그는 어설프게 춤을 추고 와자지껄하게 떠들면서 사람들의 이목을 집중시켰다. 게임 테이블로 가서 다른 피에로들 사이에 자리를 잡고 앉아 사람들의 눈을 속이며 게임을 하고, 떠나갈 듯 큰 소리로 웃어대며 소란을 피워서 모든 이들의 시선을 자기 주위로 끌어모은다. 그러고는 다른 곳으로 가서 다시 똑같은 행동을 되풀이하기 시작했다.

마르그리트는 얼마 전부터 그를 시야에서 놓쳤다. 그때, 그녀는 누군가가 자신의 어깨를 두드리는 걸 느끼고, 뒤를 돌아보았다. 황소 가면을 쓴 피에로였다.

그녀는 이 남자를 알아보았다. 하지만 그 남자가 그녀에게 "멋진 가면이군, 난 당신을 잘 알아"라고 말했을 때, 그건 더 이상 그의 목소리가 아니었다. 아니, 당연히 그건 그가 아니었다. 도대체 그녀가 어떻게 알겠는가? 그곳에는 똑같은 가면을 쓴 사람들이 한둘이 아니었는데! 그 당시에는 동물 가면이 크게 유행하고 있었으니까. 가면 때문에 목소리마저 이상하게 들렸다.

"난 당신을 잘 알아." 그 피에로가 말했다. "당신 이름을 말해볼까?"

"말해봐요."

"빨강 머리 마르그리트, 못생긴 여자."

그 가늘고 떨리는 목소리, 커다란 콧구멍을 벌름거리며 바보처럼 웃는 그 멍청한 황소 얼굴, 마르그리트는 겁을 집어먹었다. 그녀는 벌벌 떨면서 벤치 한쪽 구석에 몸을 웅크렸다.

"이봐, 저길 한번 봐봐," 그가 말을 이었다. "저기서 나풀나풀 뛰고 있는 저 젊은 여자, 그녀가 누군지 알지?"

그는 이자벨라를 가리켰다. 그의 커다란 가면은 계속 웃고 있었고, 그의 목소리가 이어졌다.

"그녀는 너보다 예뻐. 그녀의 가슴이 얼마나 우아하게 팔딱이는지, 손은 또 얼마나 하얀지, 그녀의 옷이 그 잘록한 허리를 얼마나 잘 드러내는지 보여?"

마르그리트는 화가 나서 발을 쿵쿵 구르고, 입술을 깨물었다. 그러다 울기 시작했다. 그녀의 눈물이 검은 가면 위로 흘러내리며 한 줄기 하얀 자국을 남겼다. 황소 머리는 여전히 콧구멍을 벌름거리며 웃고 있었다. 그의 입술은 뭔가 잔인한 구석이 있으면서도 바보처럼 헤 벌어져 있었다. 그는 더 빠르게 말을 이었다.

"오늘 저녁 무도회가 끝난 뒤, 불빛들이 꺼지고

당신이 아이들이 있는 천막으로 돌아갔을 때, 그리 멀지 않은 곳에서 사랑을 나누는 소리를 듣게 될 거야."

"아! 제발, 제발 그만해!"

그 가면은 더 격렬하게 웃어댔다. 그는 심지어 마르그리트의 얼굴에 자신의 기다란 소매를 가져가 그녀의 두 뺨을 어루만지기 시작했다.

"그리고 저 여자, 지금 모두가 경탄하며 찬사를 보내고 있는 저 여자는 단 한 사람, 바로 당신 남편의 것이 될 거야."

"아! 이러지 마, 이장바르, 제발!"

"자, 보세요!" 그는 웃으며 사람들을 향해 말했.

"자기 남편이 다른 여자와 바람을 피운다는 말을 듣고 화가 머리끝까지 난 여자가 여기 있습니다."

그러고는 마르그리트 쪽으로 돌아서더니, 그녀를 창가 쪽으로 밀어붙였다. 그녀는 더 이상 그에게서 달아날 수 없었다. 거기서 그는 그녀의 면전에 대고 온갖 모욕적인 말을 내뱉고, 그녀가 살아오면서 받은 그 모든 고통을 되풀이해 들려주고, 그녀가 얼마나 못생겼는지, 저기서 춤을 추고 있는 저 여자와 그녀가 어떻게 다른지 하나하나 짚어가며 이야기하고, 페드리요가 저 여자를 얼마나 사랑하는지 세세하게 설명했다. 그리고 그 두 사람이 침대에서 서로 뒤엉켜 뒹구는 모습, 그들의 입에서 터져 나오다 끝을 맺지 못한 말들, 끊어졌다 이어지는 신음을 생생하게 묘사해 주었다. 황소 머리는 그렇게 잔인한 짓을 했다.

"당신은 머지않아 한 아이의 웃음소리에 잠에서 깨겠지. 그건 그 두 사람의 아이일 거야!"

"오! 이장바르, 내가 당신에게 뭘 어쨌기에?"

"나한테 뭘 어떻게 해서가 아니야, 그냥 난 당신이 싫어. 아까 당신이 곡예하는 모습을 보면서 난 당신의 그 파란 드레스에 진흙을 집어 던지고 싶었어, 머리끄덩이를 잡아당기고, 가슴을 때려서 멍이 들게 하고 싶었다고! 나도 알아, 당신은 나한테 아무런 잘못도 하지 않았고, 어쩌면 다른 누구보다 나은 여자일지도 모르지. 하지만 어쨌든 난 당신이 마음에 안 들어. 당신한테 불행이 닥쳤으면 좋겠어. 다른 이유는 없어, 그냥 내 마음이 그래. 그건 그렇고, 왜 그렇게 허구한 날 질질 짜는 거야? 왜 그렇게 늘 뿌루퉁해 있고, 걸음걸이는 또 왜 그 모양이야? 사람을 짜증 나게 하는 그 말투는 또 뭐야? 게다가 늘 징징대며 잔소리를 늘어놓고! 제기랄! 왜 우리 곁에서 떠나지 않는 거지? 우리가 당신을 먹여 살리고 있는데, 우리가 돈을 버는 건 당신을 위해서가 아니란 말이야. 당신 자식들? 글쎄, 관청에서 알아서 처리하겠지. 내가 당신 처지라면, 뭔가 제대로 한번 살아보겠어, 적어도…… 아! 아니야, 그러기엔 당신은 너무 못생겼어! 아, 가면 너머로 보이는 그 쭉 찢어진 고양이 눈도 정말 꼴 보기 싫어!"

그는 화난 표정을 한순간에 거두더니, 웃음을 터뜨리며 그 자리를 떠났다.

녹초가 된 이자벨라다는 페드리요에게 이제 그만 가자고 말했다. 무도회장을 떠날 때 그녀는 그의 팔에 힘없이 몸을 기대면서 짙은 향기를 풍기는 가슴과 등이 드러나게 내버려두었다.
 다시 그녀에게 박수갈채가 쏟아졌다.

VIII

 그 말대로 페드리요는 마르그리트만 혼자 남겨 두고 동물 우리 쪽으로 갔다. 이장바르는 그들이 무슨 짓을 하건 모른 척하고 재빨리 잠자리에 들었고, 다음 날 오후 한 시가 되어서야 눈을 떴다.

 검은 도미노는 답답한 가면을 벗어 던진 후, 탁자 위에 팔을 괸 채 타오르는 촛불을 바라보며 무도회의 순간들을 떠올렸다. 이장바르의 말이 그녀의 머릿속에 다시 떠올랐다, 가면을 뚫고 터져 나오던 그의 웃음소리가 그녀의 귀에 쟁쟁했다.

이자벨라다가 춤을 추던 모습, 그 여자에게 쏟아지던 그 모든 박수갈채, 자신을 향한 그 모든 조롱과 멸시, 그 여자가 낳은 딸에 대한 페드리요의 편애, 그런 것들을 떠올리자 가슴이 찢어질 듯 괴로웠다. 그리고 황소 머리가 다시 머릿속에 떠올랐다. 벌름거리는 콧구멍과 잔인한 웃음소리. 기분 나쁜 멍청한 표정이 다시 그녀를 두려움에 떨게 했다.

당신도 나처럼 그런 온갖 기이한 얼굴들을 분석해 본 적이 있는지 모르겠지만, 개중에 몇몇 얼굴들은 짐승과 매우 닮아서 그 인물과 짐승을 같은 범주로 묶어야 하는데, 그러기 위해서는 작가가 철저한 무신론자이자 인간 혐오자여야만 한다.

마르그리트는 이장바르의 이유 없는 증오를 이해하기 힘들었다. 그 이유라고 해봐야, 그녀가 제대로 걷지 못하고, 머리 색이 붉고, 자기 자식들을 사랑한다는 것뿐이었다. 그녀의 고통에 대해 그가 제안한 그 역겨운 치유책, 불쌍해서 먹여 살린다는 그 끔찍한 모욕, 자신이 그들에게 짐이 된다고 느끼게 만드는 그 모멸감, 그 모든 것이 그녀를 고통스럽게 했다. 남편 페드리요를 너무도 사랑하는 그녀, 그녀는 오직 사랑으로 충만한 삶을 하늘에 기도했고, 자신만을 사랑해 주고 자신의 모든 다정한 애정을 이해하며, 세상 사람들에게 조롱당하고 멸시받는 이 떠돌이 곡예사의 가슴 속에 깃든 그 모든 시적 감수성을 느낄 줄 아는 남편을 바랐을 뿐이었다.

"아!" 모자를 쓴 정숙한 여자가 지나갈 때면 그녀는 혼잣말로 중얼거렸다. "나는 왜 저 여자처럼 되지 못하는 걸까?" 그럴 때마다 그녀는 가슴 깊은 곳에서 질투심이 치밀어 올랐다. 이자벨라다가 춤추는 모습을 볼 때면, 자연은 왜 자기를 그렇게 만들어주지 않았느냐고 하늘에 물었고, 남편의 정부를 증오했다. 바로 그런 순간들에, 자신은 추위에 떨고 있는데 페드리요는 행복하고 만족스럽게 사는 것을 볼 때, 그녀는 더욱더 심술궂어지고, 더 이상 신을 믿지 않게 되었다.

차라리 돈이 없는 거라면 견딜 수 있었을 텐데!

그녀는 세상 사람들에게 사랑을 원했다. 하지만 사람들은 그녀를 코앞에서 대놓고 비웃어댔다. 인간적인 정? 사람들은 그녀에게 병원으로 가는 길*을 가리켰다. 연민? 그녀는 여자 곡예사다. 아! 여자 곡예사, 아이를 훔치는 여자, 거리의 여자를 부디 측은히 여겨주기를!

그러니, 그녀에게 빵도 사랑도 동정심도 주려 하지 않은 이 사회에서, 그녀는 증오심과 질투심을 키울 수밖에 없었다. 그녀는 그토록 수없이 돌바닥 위에 무릎을 꿇고 눈물을 흘리며 애원했지만 단 한 번도 그녀의 기도를 들어주지 않았던 신을 모독하고, 그녀를 학대하고 상처를 준 세상을 경멸했다.

그리고 부유하고 행복하고 존경받는 사람들, 언제나 보살핌을 받는 그런 사람들을 볼 때면, 그들에게 아주 큰 재앙이 일어나기를 바랐다.

그녀는 가난한 이들의 기도, 그들의 서약, 그들

---

* 당시에는 가난하거나 버림받은 사람이 병원에 간다는 것은 더 이상 갈 곳 없는 막다른 곳이자 파국, 사회적 추락을 의미했다.

의 성유물**을 비웃었고, 교회 앞을 지나갈 때면 교회 문 앞에 침을 뱉었다. 온화한 미소와 부드럽고 그윽한 눈길, 검고 윤기 나는 머리카락, 가슴골이 대리석처럼 하얗고 목선이 고운 여자를 볼 때면, 그녀는 그 여자를 찬탄하는 군중을 비웃었다. "저 여자도 얼마든지 나 같은 신세가 될 수도 있었을 텐데…… 머리색이 달랐더라면, 눈이 좀 더 작았더라면, 몸매가 더 나빴더라면, 그랬더라면 그녀도 마르그리트와 같은 신세가 되었을 거야! 만약 그녀의 남편이 그녀를 사랑하지 않고, 무시하고, 두들겨 팼더라면, 그녀도 마르그리트처럼 추하고 멸시당하는 여자가 되었을 테지!"

그녀는 그런 생각에 잠겨 있다가 서서히 졸기 시작했다. 어느덧 그녀는 테이블 위에 팔을 괴고 뺨을 손에 받친 채 잠들었다. 촛불은 여전히 타오르고 있었다.

** '기도', '서약', '성유물'은 가톨릭 신앙의 핵심 실천과 상징이다. 기도는 신과의 소통을, 서약은 신에 대한 헌신을, 성유물은 경배와 기도의 대상이며 신성을 상징한다.

IX

다음 날 그녀는 이자벨라다와 다투고 있는 에르네스토의 목소리에 잠에서 깼다. 그녀는 그들의 소리에 귀를 기울였다.

"왜 그걸 가져간 거예요? 그건 내 거잖아요? 빨리 돌려줘요!"

마르그리트는 서둘러 옷을 입고, 동물들을 실어 나르는 마차 뒤에 몸을 숨기고는, 조용히 그들을 지켜보았다. 이자벨라다가 에르네스토의 담요를 붙잡고 돌려주지 않으려 하고 있었다.

그러지 않아도 마르그리트가 그녀를 미워할 이유는 이미 차고 넘쳤다. 그 광경을 더 이상 지켜보고만 있을 수 없었다. 그녀는 단번에 이자벨라다에게로 와락 달려들어 담요를 홱 낚아챘다.

"또 너로군, 이.자.벨.라.다!"

그녀는 자기가 할 수 있는 만큼 최대한 딱딱하게, 똑똑 끊어서 그 이름을 발음했다. 그 이름이 너무 아름답게 들리는 게 싫었기 때문에.

"그만하면 충분하지 않아?" 그녀는 잔뜩 흥분해서 맺힌 한을 토하듯 말을 쏟아냈다. "우리 집에 와서 눌어붙어 앉아 온 집안을 네 맘대로 주무르며 여왕 행세를 하고, 내 남편을 꼬드겨 날이면 날마다 네 침대로 가로채 가는 것만으로는 부족해? 대답해 봐, 그거로는 부족하냐고, 이 악마 같은 년아! 예쁘장한 외모 하나 믿고 창녀처럼 아무한테나 꼬리를 쳐서 사람들을 홀리고, 세상 사람들 앞에서 우리를 웃음거리로 만드는 것만으론 충분하지 않아? 대답해 봐, 충분하지 않아? 그러지 않아도 이미 치욕과 모욕을 당할 대로 당했는데, 굳이 우리 상처에서 흐르는 피를 가린 천 조각마저 네 손으로 찢어 벗겨내야 속이 시원하겠어? 이제 그 피를 네가 뒤집어쓸 날이 올 거다! 조심해……! 아! 아름다운 여자들, 예쁜 것들, 그런 것들에게는 모두가 꽃을 바치고, 찬사를 보내고 돈을 던져주지만, 우리에게 돌아오는 건 경멸과 수치, 비참한 가난뿐이지. 페드리요, 내 말이 틀렸어? 어디 한번 말해봐!"

"무슨 일이야, 이자벨라다?"

"마르그리트의 아이가 내 담요를 뺏어가려 했어, 그런데 마르그리트는 이게 자기 거라고 우기고 있고."

"마르그리트, 뭐 변명할 말이라도 있어?"

"저년이 거짓말하는 거야, 페드리요, 저년 말을 듣지 마!"

"거짓말하는 건 너잖아, 마르그리트."

그는 그녀를 천막 안으로 거칠게 떠밀었다. 그녀는 분에 못 이겨 천막 안에서 자신의 머리칼을 쥐어뜯고, 옷을 찢고, 땅바닥을 구르며 얼굴을 피투성이로 만들었다. 그녀는 다시 몸을 일으켰다.

어찌 됐든 이 고통과 쓰라림을 끝까지 견뎌내야 한다! "자, 다시, 다시 한번, 이자벨라, 가능하다면 꼬리를 더 잘 흔들어 봐! 페드리요, 그녀를 더, 더 사랑해 봐! 그럼 난 당신을 더, 더 증오할 테니."

그녀는 그때 마침 천막 안으로 들어오던 페드리요의 무릎 쪽으로 느닷없이 몸을 던졌다.

"여긴 왜 들어온 거야?"

"돈 가지러."

"누굴 주려고?"

"그녀에게 주려고."

"아, 그러서, 그녀, 그녀, 언제나 그녀! 아! 페드리요, 당신은 그러니까 정말로 그녀를 사랑하는구나?"

"그래."

"제발 그만! 오! 그 여자, 그 여자의 이름, 그 여자의 아름다운 외모로 더는 날 괴롭히지 말아줘. 제발, 날 사랑해 줘! 당신 마음에 들려면 어떻게 하면 돼? 하지만 제발, 제발 부탁이야, 나한테 그년 얘긴 더 이상 하지 말아줘!"

얼굴은 피투성이가 되고 옷은 너덜너덜하게 찢겨나간 그 여인이 그의 발아래에서 미친 듯이 몸부림치며 우는 것을 보자 그는 잠시나마 마음이 누그러졌다.

"원하는 게 뭐야, 마르그리트?"

"내가 원하는 거? 페드리요, 아직은 아니야. 하지만 언젠가 그녀가, 알아들어, 페드리요? 그녀가 말이야, 그녀가 언젠가 나에게 죽을 만큼 심한 모욕을 안겨줬을 때, 누미디아*의 사자가 우리 안에서 얼마나 크게 포효하는지, 그리고 저녁에 던져주는 고기를 얼마나 게걸스럽게 먹어치우는지 당신 알지? 그래, 그때 나도 똑같이 되갚아 줄 거야."

"이봐, 마르그리트, 왜 이러는 거야, 정신 좀 차려!"

---

* 대략 기원전 3세기부터 1세기까지 북아프리카에 존재하던 고대 왕국.

"왜 이러냐고? 난 질투하고 있어! 아! 당신은 그런 적이 한 번도 없지, 당신은! 내가 왜 이러냐고? 어쩌면 난 미쳐버린 건지도 몰라, 난 아무것도 모르겠어, 하지만 난 그 여자가 미워, 그리고 당신을 사랑해!"

X

 날은 덥다. 태양이 먼지로 가득한 길 위에 햇살들을 내리꽂는다. 그 길을 따라 늘어서 있는 사과나무들에 매달린 잎들은 완전히 타버렸다. 마차 창문에는 푸른 커튼이 쳐져 있지만 바람에 쫓겨 안으로 밀려드는 작은 먼지구름들이 당신의 옷을 뒤덮는 동안, 덜컹거리는 마차에 몸을 맡기고 흔들리면서 시로 가득한 어떤 꿈에 달콤하게 빠져들 수 있는 건 바로 유월의 그 강렬한 더위 때문이다.

 그건 사실이다, 하지만 모든 이들이 호화로운 마

차를 타고 여행하지는 않는다. 그때 우리의 떠돌이 곡예사들은 자신들의 작은 짐마차 안에서 잠들어 있었고, 마르그리트와 페드리요는 단둘이 걸어가면서 얘기를 나누고 있었다. 들판 한가운데에서 들리는 그들의 목소리, 먼지 위의 말발굽 소리, 사자 우리 주위에서 붕붕거리는 벌의 날갯짓 소리만이 정적을 깨뜨리고 있었다. 어디선가 날아온 벌 한 마리가 성가시게 붕붕대는 소리는 사자가 꿈에 빠져드는 걸 방해했다. 사자에게도 아마 꿈이 있었을 테니까. 그는 아프리카의 강렬한 태양, 자신이 저기 저 멀리, 다른 나라에 남겨둔 은신처를 생각하고 있었다. 그는 광활한 사막, 종려나무 그늘 아래 그와 함께 잠을 자던 암사자를 생각하며 우울하게 발톱 끝을 물어뜯고 있었다. 옛날 자신이 누렸던 행복을 생각하게 그를 그냥 내버려두자, 그가 생생한 기쁨들을 꿈꾸게 놔두고, 우리는 마르그리트의 고통으로 되돌아가자.

"그래, 당신은 그녀를 정말로 사랑하는구나," 그

녀가 불쑥 말했다.

"어, 그래, 마르그리트, 왜 자꾸 그걸 묻는 거지?"

"그녀의 어디가 그렇게 마음에 들어?"

"전부 다. 더 이상 짜증 나게 굴지 마, 도대체 뭘 원하는 거야?"

"죽음!"

"아! 미쳤구나!"

"그럴지도 모르지. 당신은 나빠, 난 당신에게 사랑을 바라지 않아, 동정도 바라지 않아, 하지만 그녀를 사랑하는 이유가 뭔지는 알고 싶어. 죽더라도 그건 알고 죽고 싶어."

"이유라…… 난 그런 거 몰라," 페드리요가 화난 목소리로 말했다. "그리고 제발, 마르그리트, 죽느니 어쩌느니 그딴 소리 하지 마. 남자가 참아주는 것도 한계가 있는 거야, 알지?"

"여자가 질투를 참는 것도 한계가 있지." 마르그리트는 쌀쌀맞게 비웃으며 받아쳤다. "그래, 질투, 더 정확하게는 증오. 난 당신이 이자벨라다를 왜 사랑하는지 그 이유를 물었어. 하지만 뭐, 내가 왜 당신과 그녀를 증오하는지 그 이유부터 말해주지."

"마르그리트! 함부로 나불거리지 마!"

"아니! 말해줄게. 이유는 바로 이거야. 그녀는 아름다워, 난 못생겼기 때문에 아름다운 여자들을 증오해. 당신은 그녀를 사랑하고, 난 그녀를 증오해, 난 사랑받는 이들을 증오하니까. 당신은 행복하고, 난 행복한 사람들을 증오해. 당신들은 이제 부자야, 그리고 난 부자들을 증오해, 난 사랑도 받지 못하고, 불행하고 가난하니까. 왜, 페드리요, 당신은 왜 항상 나를 남 앞에 내놓기 창피한 짐짝처럼 밀어냈던 거야? 아! 그래, 세상의 조롱을 두려워했기 때문이겠지, 그래, 난 당신을 증오해, 난 세상이 경멸하는 것들을 사랑하니까, 난 떠돌이 광대들을 사랑하니까, 난, 창녀들처럼 밑바닥 인생을 사는 여자들을 사랑해. 그리고 난 당신의 이자벨라다를 참을 수 없을 만큼 미워해. 오! 할 수만 있다면 발로 짓밟아 뭉개버리고 싶어, 정말이지, 그녀의 몸뚱이, 그녀의 가슴,

그녀의 머리통, 얼굴까지 자근자근 짓뭉개면 얼마나 기분이 좋을까! 난 그녀를 씹어 삼킬 거야, 아주 즐겁게, 아주 맛있게, 남김없이 먹어치울 거야!"

페드리요가 버럭 화를 내며 팔을 휘둘렀다.

"마르그리트, 조심해! 저기 저 우리 안에 사자가 있어. 제발, 그만해, 더 이상 한마디도 하지 마."

"당신이 얼마나 수치심도 양심도 없는 냉혹한 인간이었으면 이렇게까지 나를 조롱하고, 경멸하고, 더럽히고, 진창 속에 끌고 다닐 수 있는 걸까? 당신을 그토록 사랑하고, 시와 사랑으로 가득 차서 당신 품에 안겨들었던 그 가련한 마르그리트를, 당신은 마치 꼬리를 흔들며 주인을 반기는 옴 걸린 개 취급을 하며 발로 걷어차듯 뿌리쳐 버렸지."

"오! 마르그리트, 마르그리트, 자꾸 이러면 내가 무슨 짓을 저지를지 나도 몰라!"

"그리고 또 그 여자에겐 자식들이 있었어, 그 아이들의 아버지는 그들을 마치 남의 자식처럼 인정머리 없이 대했지. 어떤 때는 빵도 주지 않았어, 신이 돌봐주지 않았다면 그 아이들은 벌써 이 세상에서 사라졌을 거야. 잔혹한 짐승, 멧돼지는 간혹 새끼들을 먹어치우지, 하지만 그런 멧돼지조차 자기 새끼들을 굶주림의 고통 속에 죽게 하진 않아. 자, 그래, 원한다면 저 사자 우리 안으로 날 던져. 난 당신에게 목숨을 구걸하지도, 용서를 바라지도 않을 테니까. 아니, 당신은 나에게 인생의 쓴맛이란 쓴맛은 모조리 맛보게 해주었으니까 나 역시 모욕적인 말과 욕설과 저주로 당신을 독살해 줄게. 잘 들어, 잘 들으라고, 아직 할 말이 남았으니까. 내가 이자벨라다를 증오한다는 걸 다시 한번 말할 테니 잘 들으란 말이야. 그래, 난 그년이 미치도록 싫어, 그년의 몸뚱이를 내 손아귀에 움켜쥐고 으스러뜨리고, 손톱으로 갈기갈기 찢어발기고, 그년의 피 웅덩이 속에 내 머리를 처박고 또 처박아 그 피로 갈증을 풀고 싶어!"

사자는 우리 안에서 으르렁거리고, 꼬리를 흔들어대고, 갈기를 휘두르며 아가리를 크게 벌린 채 페드리요가 팔에 안아 들고 있는 여자를 기다린다.

그는 우리 문을 열고 그녀를 휙 던진다.

백수의 왕은 단번에 그녀를 낚아챘다. 그때, 사자의 포효를 듣고 득달같이 달려온 이장바르가 마르그리트를 끌어냈다. 그녀의 가슴은 찢겨 있었고, 두 손에는 발톱이 할퀸 자국이 나 있었다.

XI

 병원에서 비틀거리며 걸어 나오는 저 여인은 누구일까? 그녀의 허리는 두루뭉술하고, 머리는 빨갛고, 눈에는 초점이 없다. 지저분한 꽃이 달린 레이스 모자가 그녀의 머리를 덮고 있고, 옷은 너덜너덜 찢겨 있다. 몰골이 너무도 처참해서 저절로 동정심을 불러일으킨다. 그녀는 미친 여자다. 당신도 보다시피, 그녀의 웃음소리는 기괴하고, 중간중간 끊기는 말투는 어눌하고 불안정하다, 그녀는 달리다가 멈추고, 또 달리고, 또 멈춘다. 분명히 그녀는 미친 여자다. 그녀의 손과 얼굴에는 깊고 큰 상처 자국들이 있다. 물론, 그건 마르그리트다. 그렇다, 그녀였다.

그녀는 그렇게 이틀을 걸었다. 어디로 가는지도 모른 채, 먹지도 마시지도, 잠도 자지 않고. 지나가는 사람들이 그녀에게 던지는 진흙 덩어리 말고는 아무것도 받지 않고. 아이들이 그녀를 쫓아다녔다. 돌아서서 "이 부끄러움도 모르는 것들, 양심도 없는 놈들!"이라고 말하는 그녀의 얼굴은 흉하게 일그러졌다. 그녀의 찢어진 옷과 모자에 달린 꽃을 보고 아이들은 깔깔대며 웃었다. 그들은 야유와 경멸의 외침으로 그녀를 괴롭혔다.

피곤에 지쳐 초주검이 된 그녀는 더는 견딜 수 없어 거의 기절하듯 어느 큰길가의 잔디 위에 풀썩 쓰러졌다. 갑자기 고개를 다시 들고 멍한 눈길로 주위를 둘러보던 그녀가 천둥 같은 목소리로 외쳐댔다. "내 아이들, 그 애들은 어디 있지? 오귀스트! 에르네스토! 가로파!"

틸버리* 한 대가 지나갔다. 한 귀부인이 마차 안

에 느긋하게 앉아 있었다. 뒤로 길게 늘어뜨린 그녀의 하얀 캐시미어 숄이 하인 좌석에까지 드리워져 있었다. 그녀의 모자에 달린 희고 검은 깃털은 바람에 우아하게 나부꼈다. 그녀의 미소는 부드럽고 온화했고, 몸매는 날씬했다. 그녀에게는 다이아몬드와 마부, 캐시미어 숄과 금 목걸이가 있었다. 그녀는 행복해 보였다.

마르그리트는 그녀를 향해 달려가, 마차 바큇살에 찰싹 달라붙었다. 그리고 분노에 차서 발을 구르며 소리쳤다.

"우릴 그렇게 모욕하고도 모자라, 상처 입은 몸에 덮어놓은 담요까지 빼앗아가겠다는 거야……? 그래, 너구나, 이자벨라다! 아, 그래, 난 널 잘 알아. 언제나 창녀처럼 천박한 그 표정, 부끄러움도 모르고 남자들을 홀리려고 흔들어대는 엉덩이, 한눈에

---

* 19세기 초 유럽에서 유행했던, 지붕을 여닫을 수 있는 이륜마차를 만든 영국의 마차 제작 회사, 유럽의 상류사회와 부호들이 가장 선호한 최고급 마차 브랜드였다.

알아볼 수 있어."

그녀의 말은 틀리지 않았다. 어느 날 광장에서 춤을 추던 이자벨라다는 한 상류 귀족의 눈에 띄었고, 그날 이후로 그녀는 그 남자의 정부가 되었다.

"아는 여자야?" 틸버리 마차를 함께 타고 가던 그 신사가 이자벨라다에게 물었다.

"몰라요, 미친 여잔가 봐요."

"내가 미쳤다고? 하긴, 그럴지도 모르지."

"존, 쫓아버려요."

하인이 마르그리트의 얼굴을 채찍으로 몇 번 갈겼다. 하지만 그녀는 여전히 바큇살을 붙잡고 놓지 않았다.

"아니! 난 물러서지 않을 거야," 마르그리트가 외쳤다. "귀담아서 잘 들어, 네가 나에게 지울 수 없는 상처와 슬픔을 주었듯이, 나도 너에게 죽을 만큼 고통스러운 모욕과 비난과 치욕을 안겨줄 수 있어!"

"미친년! 미친년이다!" 사람들이 마르그리트를 뒤쫓아 달리면서 외쳐댔다.

그녀는 멈춰 서서 이마를 탁 쳤다.

"죽음!" 그녀는 웃으며 말했다.

그리고 센 강을 향해 성큼성큼 걸어갔다.

XII

 이제 막 강에서 시신 한 구가 건져 올려져 시체공시소에 전시되었다. 어떤 여자였다. 지저분한 꽃 장식이 달린 레이스 모자가 머리를 덮고 있었고, 옷은 찢어져서 앙상한 팔다리가 드러나 있었다. 파리 몇 마리가 주위에서 앵앵거리며 반쯤 벌어진 그 시신의 입에 말라붙은 피를 핥아댔다. 부풀어 오른 팔은 푸르죽죽했고, 작고 검은 반점들로 뒤덮여 있었다.
 해가 기울어가고 있었다. 마지막 햇살 한 줄기가 시체공시소의 창살을 뚫고 들어가 그녀의 반쯤 감긴 눈을 스치면서 기묘한 광채를 만들어냈다.

흉터와 할퀸 자국투성이인 데다 부풀어 오르고 녹색 빛을 띤 채 축축한 돌바닥 위에 뉘어 있는 그 시신은 너무도 끔찍해서 보기조차 힘들었다. 너덜너덜해진 그 시신에서 풍겨 나오는 역한 냄새는 한가롭게 구경하러 온 사람들을 멀찌감치 물러서게 만들었다. 하지만 오히려 시신의 그런 상태 때문에 두 명의 의학도가 호기심을 가지고 가까이 다가왔다.

"이런!" 둘 중 하나가 잠시 시신을 살펴본 뒤에 말했다. "얼마 전에 병원에서 이 여자를 봤었어."

그는 입을 다물고 다시 시신을 주의 깊게 살펴보았다. 솜털이 잔뜩 묻은 해진 초록색 외투를 보면 그는 진짜 의학도가 분명했다.*

"우리가 이걸 사면 어떨까?"

---

* 19세기 후반~20세기 초 유럽에서는 의학도들이 실험실이나 해부실에서 초록색이나 짙은 색 외투를 입곤 했고, 실험이나 해부 과정에서 솜, 천 조각, 먼지가 외투에 달라붙기 쉬웠다.

"이걸로 뭘 하려고?"

"비켜요!" 한 마부의 목소리가 외쳤다.

그는 며칠 전 젊은 아가씨를 오페라극장으로 태워다주던 바로 그 틸버리 마차의 마부였다.

에스쿨라피우스*의 제자들인 우리의 의학도들은 즉시 옆으로 비켜섰다. 하지만 담배를 피우던 학생이 몸을 돌리다가 파이프를 떨어뜨렸다.

"맙소사!" 그가 발을 쿵 내리치며 말했다. "오늘 하루만 벌써 세 번째 깨뜨렸네!"

---

* 그리스 신화에 나오는 의학의 신.

에필로그

도덕성

 가스코뉴 출신의 학식 있고 신중한 현자 미셸 드 몽테뉴 선생은 말했다. "이것은 선의로 쓰인 책이다. 나는 이 책에서 내 의견을 말하는데, 훌륭한 의견이라서가 아니라 내 의견이기 때문에 말한다."**
 나 역시 선의로 이 글들을 썼다고 말하고 싶다,

** 몽테뉴의 《수상록》 서문에서 인용한 말이다.

심지어 불같은 열정과 열의를 가지고 썼다.

    나는 이 세상의 편견들에 맞서 공격을 퍼붓고 싶었다. 그러니 세상 사람들이 나처럼 시건방진 작가를 소리 높여 비난할지도 모르겠다.

    〈시향용 향기〉를 제목으로 택한 것에 관해 말하자면, 나는 이 제목을 통해 마르그리트가 일종의 시향용 향기였다는 걸 말하고 싶었다. 혹은 여기에 관상용 꽃이라는 제목을 덧붙일 수도 있었을 것이다. 왜냐하면 이자벨라다에게는 아름다움이 전부였으니까.

    그리고 내가 붙인 우스꽝스러운 제목 〈철학적인, 도덕적인, 또는 부도덕한(즉 마음대로 해석 가능한) 이야기〉 때문에 '가장 거룩한 가톨릭 사도 로마교회'[*]가 불같이 화를 내며 나를 맹렬히 공격할까 두려워서, 나는 누군가가 도덕적인 것과 도덕적이지

---

[*] 로마가톨릭교회를 지칭하는 표현. 로마가톨릭교회가 예수 그리스도에 의해 세워진 유일한 참된 교회이며, 예수의 제자들이 세운 초기 기독교 공동체의 연속이자 교회의 지도자인 교황을 성 베드로의 유일한 후계자로 간주하고 있다.

않은 것의 정의를 내게 알려줄 때까지 한발 물러서 있을 생각이다.

나머지 모든 것은 당신 뜻에 맡기며

당신은 아마도 창작이 얼마나 즐거운 일인지 모를 것이다!

글을 쓴다는 것, 오! 글을 쓴다는 것은 세상과 세상의 편견들, 세상의 도덕들을 낚아채 한 권의 책 속에 요약하는 일이다. 글을 쓴다는 것은 자신의 생각이 태어나고, 자라고, 살아 숨 쉬며 제자리에 우뚝 서서 영원히 그 자리에 머무는 것을 느끼는 일이다.

나는 이 이상하고, 기이하며, 이해할 수 없는 책을 방금 막 완성했다.

첫 번째 장은 단 하루 만에 썼다. 그러고 나서 한 달 동안 작업을 하지 않고 지내다가, 일주일 만에 나머지 다섯 장을 더 썼고, 이후 이틀 만에 글을 완성했다.

이 책의 철학적 사상에 관해서는 설명하지 않을 것이다. 이 책에는 슬프고, 씁쓸하고, 어둡고, 회의적인 생각들이 담겨 있다. 직접 찾아보시길.

이제 나는 지쳐서 녹초가 되었다. 그래서 당신이 내 책을 읽었다 해도 감사를 표할 힘도 없고, 만약 아직 내 졸작의 제목조차 모른다면 아예 읽지 말라고 부탁할 여력도 없이, 지쳐서 안락의자에 풀썩 쓰러진다.

옮긴이의 글

두 편의 이야기, 하나의 비극

귀스타브 플로베르라는 이름은 우리에게 아주 친숙하다. 그러나 이 책에서 우리는 조금은 낯선 플로베르를 만난다. 사실주의의 교과서라 여겨지는 《보바리 부인》을 비롯해 《감정 교육》, 《살람보》 같은 위대한 작품들을 탄생시킨 거장이 아니라, 세상에 별로 알려지지 않은 작품들을 써낸 아직 어린 소년 작가 플로베르를.

열 살 무렵부터 글을 쓰기 시작한 그는 《보바

리 부인》을 출간하기 전까지 많은 작품들을 쏟아냈다. 이 글들은 내내 그의 서랍 속에 묻혀 있다가 그의 사후 30년이 지난 1910년에 《젊은 날의 글들 Oeuvres de jeunesse》이라는 제목으로 세상에 나오게 되었다. 1831년부터 1845년까지, 학교 작문들에서부터 문학적 고민과 창작 과정, 사회 정치적 견해, 개인적인 일상이나 생각들을 담은 서한들, 그리고 수많은 짧은 소설들과 청년 시절의 여행기에 이르기까지 온갖 실험적인 글쓰기가 시도된 이 작품집은 무려 1192페이지에 달하며, 플로베르 문학 세계의 발전 과정을 이해하는 데 중요한 자료로 평가받고 있다. 그가 열다섯, 열여섯 살에 쓴 〈시향용 향기 혹은 떠돌이 광대들〉과 〈정념과 미덕〉 역시 바로 《젊은 날의 글들》에 포함된 작품들이다. 우리는 이 두 편의 짧은 소설에서 플로베르 문학 세계의 씨앗을 알아볼 수 있다.

두 작품의 주제는 공통적이다. 두 작품 모두 주체할 수 없는 정념이 어떻게 인간을 타락과 파멸의 길로 이끄는가를 보여준다. 그런데 여기서 잠시, 두 소설의 핵심 개념들인 '정념passion'과 '미덕vertu', '도덕성moralite'에 대해 간단히 짚고 넘어갈 필요가 있을 듯하다. 이 철학적이고 관념적인 용어들은 비단 플로베르 문학에서뿐만 아니라, 플로베르 문학과 관련이 있는 낭만주의, 사실주의, 자연주의에 이르기까지 18~19세기 유럽 문학에서 인간을 규정하는 중요한 개념어로 자리 잡았다. 하지만 서양철학이나 유럽 문학을 전문적으로 공부하지 않은 우리에게는 그 의미가 다소 모호하게 와 닿아서, 가령 '정념'이란, 또는 '미덕'이란 무엇인가라는 질문에 선뜻 명확한 대답을 떠올리기 어려운 것이 사실이고, 문맥 속에서 매끄럽게 읽히기 어려울 때가 많다. 이는 우리가 이 소설들을 읽을 때 다소 걸림돌이 될 수도 있을 것이므로, 우선 개념을 간단히 정리해 두기로 하자.

'정념'은 사랑, 욕망, 증오, 질투, 집착처럼 인간을 사로잡아 그의 혼을 지배하며 운명을 흔드는 힘을 가진 격정적인 감정이다. 이성의 통제를 받지 않는 이 강렬하고 집요한 감정은 도덕적 판단이나 행동에 영향을 미친다. '미덕'은 말 그대로 아름답고 훌륭한 덕성 또는 인간이 마땅히 갖추어야 할 도덕적으로 바람직한 성품이나 태도를 뜻하는데, 정직, 용기, 절제, 자비, 정절, 정숙함(특히 17~19세기 프랑스 문학에서 여성의 미덕은 정조, 성적 순결과 동일시되는 경우가 많았다) 등이 여기에 해당한다. 한편으로 '도덕성'은 옳고 그름, 선과 악을 분별하고 그에 따라 행동할 수 있는 인간의 성향이나 능력을 말한다. 한마디로, 미덕은 성품이나 인격적 자질이고, 도덕성은 행위와 규범의 차원에 가깝다. 따라서 미덕은 도덕적 행위의 바탕이 되며, 도덕성을 드러내고 실천하는 데 도움을 준다.

우리의 두 소설에서 정념과 미덕, 혹은 정념과 도덕성은 서로 대비를 이루면서 갈등을 자아내고 사회의 시각을 개입시키며 인물들을 고뇌와 고통에 빠뜨리고, 추락과 타락, 그리고 파멸이라는 개념을 파생시킨다. 애초에 사회가 미덕이니 도덕이니 하는 것들을 만들고 기준을 세워놓았기 때문에 그 기준에서 멀어지거나 벗어나는 행위를 가리키는 부정적 개념들이 생겨난 게 아닌가. 어쨌든, 그런 규범적 장치들 덕분에 사회가 지속될 수 있는 것 또한 부인할 수 없는 사실이다. 이런 관점에서 지나친 정념을 통제하는 미덕과 도덕성은 필요하다.

  이제 우리의 두 소설로 돌아와 이야기를 이어가 보자. 세상이 규정한 도덕의 기준에서 탈선하지 않고 살아가는 것이 선이라고 한다면, 그 실천은 어떻게 이루어져야 할까? 진정한 도덕성을 실천하려면 미덕이 뒷받침되어야 한다. 그런데, 미덕이 부족하더라도 도덕적 행동이 가능하다. 법이나 규범, 습관 때문에 도덕적으로 행동할 수 있고, 두려움이나 이해관계 때문에라도 도덕적인 행동을 흉내 낼 수 있다. 이를 달리 말하면 '위선'이라 할 수 있을 것이다. 이는 두 소설의 등장인물들에게서 확연히 드러나는 특징이다.

성인 플로베르 못지않게 어린 플로베르 역시 등장인물들 중 어느 누구에게도 진정한 연민을 보이지 않는다. 그의 냉담한 심리분석적 시각을 단 한 인물도 피해 가지 못한다. 미덕과 도덕이라는 이름 아래 가려진 그들 모두의 위선이 가차 없이 까발려진다. 사회와 세상 사람들은 말할 것도 없고, 우리의 중심인물들 하나하나가 자신도 모르는 사이에 존재의 추악함을 드러낸다. 가령, 귀부인 마짜나 곡예사 마르그리트가 내적 고통을 쏟아내는 장면에서조차, 읽는 이로 하여금 감정을 이입하기보다는 거리를 두고 바라보게 한다. 아니, 오히려 그들의 고통이 이기심과 위선, 자기 합리화에서 비롯된 것임을 드러낸다. 어떻게 그토록 어린 나이에 이처럼 냉담한 시선으로 이처럼 무시무시한 비관적 세계관을 담을 수 있었을까? 세상과 인간에 대한 비범한 통찰력이 없었다면 불가능했을 일이다.

이제, 우리의 인물들을 파멸로 몰아넣은 그 '정념'이라는 것에 대해 다시 말해보자. 〈시향용 향기

혹은 떠돌이 광대들〉에서의 정념은 무엇이며 그 감정은 어떤 변화를 겪어나가는가? 가혹한 삶에 두들겨 맞아 지레 늙고 지쳐버린 마르그리트는 자기 눈앞에서 다른 여자(이자벨라)를 품에 안는 남편으로 인해 고통받는다. 질투로 시작된 그녀의 감정은 점차 분노와 증오, 정신착란으로 변해가고, 작가 자신이 서두에 일러두었듯이 결국에는 '기이하고 씁쓸한 결말'로 끝을 맺는다.

〈정념과 미덕〉에서 다루는 정념은 또 무엇인가? 앞선 작품이 '떠돌이 광대'라는 밑바닥 인생을 다룬 것과 달리, 〈정념과 미덕〉의 배경은 상류 사회다. 은행가와 결혼해 두 아이를 둔 마짜는 노련한 바람둥이 에르네스트와 사랑에 빠져 자신의 모든 것을 희생하지만, 얼마 지나지 않아 그에게 버림받게 된다. 거기서, 끓어오르는 사랑의 욕망은 집착으로, 파괴적인 광기와 분노와 증오심으로, 그리고 무기력과 허탈감에 뒤따르는 파멸로 끝이 난다.

이처럼 통제되지 않은 정념은 계층과 신분, 그

외의 다른 조건들과는 상관없이 같은 결말을 가져온다. 두 작품 모두, 정념에 사로잡혀 인간으로서의 자유와 존엄을 잃고 삶의 토대가 무너지는 여자들의 파멸 과정을 그리고 있으며, 거기에 더해 냉담하고 잔인한 사회와 환경이 개인에게 어떤 작용을 하는지 주시하고 있다.

치정이라는 통속적인 내용을 가지고 인간의 감정에 대해 이처럼 철학적이고 인류학적인 고찰을 깊이 있게 해내는 비범함, 인물들의 심리 변화를 쫓아가는 잔인하리만큼 정확하고 냉담한 시선, 엄격한 객관성과 비관적인 세계관, 사실적인 현실 묘사와 사회 비판, 그림처럼 느껴지는 시각적인 묘사들, 거기에 씁쓸한 미소를 짓게 하는 아이러니까지, 후일 플로베르 성숙기의 작품들에서 나타날 여러 특징들이 이때부터 싹을 틔우고 있다. 뿐만 아니라, 두 이야기의 주인공들은 약 19년 후 탄생할 엠마 보바리의 전신과도 같으며, 그 내용 또한 《보바리 부인》의 밑그림처럼 보인다. 궁핍함이나 사람들의 멸시는 견딜 수 있어도 남편의 사랑을 잃는 것은 참지 못해 처절하게 저항하고 질투하는 마르그리트와 '자신의 사랑이 죽음으로도 끝낼 수 없는 영원한 것이기를 바랐던' 마짜, 이 두 여자는 마치 '한없는 사랑, 끝없는 열정에 대한 채워지지 않는 갈증을 갖고 있'으며, '정절을 지키지 못한 것에 대한 죄의식'은 추호도 없이 오직 사랑의 환상이 어그러져 버린 것에 환멸을 느끼고 괴로워하며, 현실을 외면하고 감정에 이끌려 가다가 끝내 현실에 대한 배신감과 이제는 어찌할 수 없다는 무력감에 빠져들어 착란적인 상태로 죽음을 선택하는, 보바리 부인의 어린 쌍둥이들 같다(물리적인 나이가 아니라 아직 형태가 완전히 갖춰지지 않았다는 의미에서 '어린').

사랑이 전부였던 여자들. 사랑을 지키기 위해서라면 세상의 이목도 도덕도 윤리도 종교도 서슴없이 내팽개칠 수 있었던 그녀들, 탈선을 주저하지 않았던 정념의 여자들. 하지만 그 모든 건 허무하기 그지없다. 그렇게 발버둥 치다 죽어간 그녀들의 주

검은 살아 있는 사람들에게 한낱 추하고 가치 없는 사물처럼 취급된다. 심지어 마르그리트의 시신은 돈으로 사고팔 수 있는 물건, 아니, "이걸로 뭘 하려고?"라고 반문하게 만드는 썩은 고깃덩어리에 지나지 않는다. 살아서나 죽어서나 마르그리트는 "오늘 하루만 벌써 세 번째 깨뜨린" 도자기 파이프처럼 언제든 대체될 수 있는 존재였고, 진짜로 선택받는 완전한 정품 향수가 아니라 단지 비교나 판단을 위한 예시에 불과한 소량의 테스트용 향수, 잠시 쓰이고 버려지는 시향용 향기 같은 존재였지 않은가. 신분이 높고 부유한 남편을 둔 마짜는 좀 달랐을까? 아니, 그녀 역시 비열한 돈 주앙 에르네스트에게 시향용 향기와 다름없는 존재였고, 죽은 뒤에도 그 누구도 관심을 갖지 않는, 바닥에 널브러진 사물에 지나지 않았다.

인과응보? 아니, 플로베르는 여기서 정념을 잘 다스리고 미덕과 도덕성을 지키며 사는 것이 바람직한 인생이라는 도덕적 교훈을 설파하려는 것이 아니다. 그렇다고 "마음들은 공기처럼 미지근하고 사랑 또한 잿빛 구름처럼 열정도 생기도 없이 흐물거리는" 사회를 비웃으며 생생한 감정들을 느끼고 열정과 정념에 치우쳐 삶을 불사르는 인물들을 찬양하려는 것도 아니다. 어떤 것이 옳고 어떤 것이 그른지의 문제가 아니라, 인간이라는 존재의 근원적인 감정들이 인간의 삶에 어떻게 작용하며 어떤 영향을 미치는지, 그리고 그 감정들에 죄의식을 느끼거나 고통과 불안에 시달리는 것은 어디서 비롯되는 것인가의 문제다. 이것은 19세기 플로베르 시대에 국한된 문제가 아니라, 시대를 관통하는 보편적이고 철학적인 질문이다.

개인을 길들이고 통제하는 미덕이며 도덕적 가치, 사회적 규범 들은 과연 누가 만들고 누가 관장하는가, 무엇이 에르네스트로 하여금 마짜를 매몰차게 버리게 만들었는가, 무엇이 마짜로 하여금 자신이 가진 모든 것을 내팽개치게 했는가, 아름다움과 추함은 누가 정의 내렸으며, 무엇이 페드리요로 하여금 마르그리트를 멸시하며 이자벨라다의 품에 뛰어들게 했는가, 두 아이를 데리고 제과점을 나서던 실크드레스의 여인은 왜 창유리에 이마를 바짝 갖다 댄 마르그리트를 보지 못했는가, 아니 보지 못하는 척했는가…… 이 책에는 수없이 많은 질문들이 있다. 플로베르 자신이 작품 말미에 권유했듯이, 우리 스스로 질문들을 찾아내 보자. 그리고 그 대답을 찾아내기 위해서는 질문 하나하나를 찬찬히 들여다보고 성찰할 시간이 필요할 것이다. 젊은 플로베르, 아니 어린 플로베르가 거의 이백 년에 가까운 시간을 건너와 지금의 우리에게 제안하는 것은 바로 그것이 아닐까?

"이 책에는 슬프고, 쓸쓸하고, 어둡고, 회의적인 생각들이 담겨 있다. 직접 찾아보시길."

2025년 8월

윤미연

불멸의 연애 시리즈 04
정념과 미덕

초판 1쇄 발행 2025년 11월 20일

지은이 귀스타브 플로베르
옮긴이 윤미연
펴낸이 이혜경
기획·관리 김혜림
편집 변묘정, 박은서
디자인 여혜영
마케팅 양예린

펴낸곳 니케북스
출판등록 2014년 4월 7일 제300-2014-102호
주소 서울시 종로구 새문안로 92 광화문 오피시아 1717호
전화 (02) 735-9515
팩스 (02) 6499-9518
전자우편 nikebooks@naver.com
블로그 blog.naver.com/nikebooks
페이스북 facebook.com/nikebooks
인스타그램 (니케북스) @nike_books
　　　　　　(니케주니어) @nikebooks_junior

ⓒ 니케북스 2025

ISBN 979-11-94706-23-6 02860

책값은 뒤표지에 있습니다.
잘못된 책은 구입한 서점에서 바꿔드립니다.

윤미연
부산대학교 불어불문학과와 동 대학원을 졸업하고 프랑스 캉대학교에서 공부한 뒤 전문번역가로 활동하고 있다. 《구해줘》, 《허기의 간주곡》, 《라가-보이지 않는 대륙에 가까이 다가가기》, 《어느 완벽한 2개 국어 사용자의 죽음》, 《세상에서 가장 작은 동물원》, 《첫 문장 못 쓰는 남자》, 《나쁜 것들》, 《따문》, 《우리는 함께 늙어갈 것이다》, 《마지막 숨결》, 《사랑을 막을 수는 없다》, 《은밀하게 나를 사랑한 남자》 등을 한국어로 옮겼다.